Umschlagillustration
von
Cordelia von Klot

NAZIM KIYGI

Die verlorene Ehre der Familie Arslan

Kurzroman

Bibliografische Information der Deutschen
Nationalbibliothek: Die Deutsche Nationalbibliothek
verzeichnet diese Publikation in der Deutschen
Nationalbibliografie. Detaillierte bibliografische Daten
sind im Internet über dnb.dnb.de abrufbar.

TWENTYSIX – Der Self-Publishing-Verlag
Eine Kooperation zwischen der Verlagsgruppe
Random House und BoD – Books on Demand

© 2020 Nazim Kiygi

Herstellung und Verlag:
BoD – Books on Demand, Norderstedt

ISBN 978-3-740-765323

Dieses Werk ist allen Zeyneps gewidmet, die zwischen zwei Kulturen aufwachsen und sich nicht wehren können.

Inhaltsverzeichnis

Kapitel I
Der erste Tag
Die Ankunft Nermins
11 - 46

Kapitel II
Der zweite Tag
Zeynep ist schwanger
47 - 68

Kapitel III
Der dritte Tag
Zeynep muss weg
69 - 94

Kapitel IV
Der vierte Tag
Zeynep ist untergebracht
95 - 111

Kapitel V
Der fünfte Tag
Zeynep ist heimgekehrt
113 - 118

Kapitel VI
Der sechste Tag
Ehrenmorde
119 - 130

Kapitel VII
Der siebte Tag
Selbstmord
131 - 140

Kapitel VIII
Die Zeit danach
141 - 143

Nachwort
145 - 150

Kapitel I

Der erste Tag

Die Ankunft Nermins

Er steht mitten in einem Saloon, einem typischen Saloon, wie in einem Western, mit Spucknäpfen und allem Drum und Dran, hinter der Theke der Barkeeper, wie es sich gehört, in seiner Hand ein Glas, das er mit Tuch und Spucke putzt. Zwischen ihm und dem Barkeeper lehnen sich sieben Männer an der Theke, mit dem Rücken zu ihm. Die Männer tragen Knickerbockers, Westernstiefel, Cowboyhüte. Ihre Colts stecken in den Holstern. Der Barkeeper schaut ihn an. Sein Mund bewegt sich, er hört sich sagen: „Hören Sie! Ich bin kein Ausländer. Soll ich Ihnen meinen deutschen Führerschein zeigen?" Die Männer an der Theke drehen sich zu ihm um. Er holt seinen Führerschein aus der Gesäßtasche seiner Hose. Einer der Männer kommt auf ihn zu, ergreift den Führerschein und reicht ihn dem

Barkeeper weiter. Der wirft einen kurzen Blick auf den Führerschein und ruft hämisch, dass der abgelaufen sei. Die Männer an der Theke gehen in Ziehstellung. Verzweifelt hört er sich rufen: „Warten Sie! Ich habe heute einen Termin bei der Ausländerbehörde!" Die Männer ziehen ihre Colts und schießen auf ihn. Er ist getroffen. Er kann sich nicht bewegen.

Von weitem hörte er die Stimme seiner Mutter. „Ali, oğlum, böyle mi yattın?"
(Ali, mein Sohn, hast du so geschlafen?)

Er schlug die Augen auf. Es war ein Traum gewesen. Was für ein Traum! Er war völlig verschwitzt. Er richtete sich auf dem Sofa auf und untersuchte sich. Ja, es war nur ein Traum gewesen, er lebte noch. Er hätte sich gerne wieder hingelegt und weiter geträumt. Er hätte den Männern gezeigt, wie es ist, wenn man sich mit ihm anlegt. Aber seine Mutter hatte ihm Frühstück gebracht. Wie blöd war das denn gewesen, fragte er sich. Erst zu behaupten, er sei kein Ausländer und dann zu sagen, dass er einen Termin bei der Ausländerbehörde habe! Klar dass sie da geschossen hätten!

Seine Mutter ordnete die Kissen auf dem Sofa und räumte in dem karg eingerichteten Wohnzimmer auf. Ein Sofa und zwei Sessel, um einen rechteckigen Tisch aus Eiche, standen mitten im Raum auf einem türkischen Teppich. Dem Sofa gegenüber stand der Fernseher, der nie lief. Herr Arslan hatte irgendwann einmal gehört, dass Fernseher gefährliche Strahlen aussenden würden, die Krankheiten verursachen.

Also wurde der Fernseher nicht angeschlossen. Warum er trotzdem im Wohn-zimmer stand? Nun, weil jede türkische Familie einen Fernseher im Wohnzimmer stehen hat. Hinter dem Sofa hing ein Webteppich mit dem Bild der Blauen Moschee an der Wand, die mit einer grün-weißen Tapete beklebt war. Frau Arslan wusch den Tisch mit einem Lappen ab, ging dann zu Ali und strich ihm über den Kopf. Er schob die Hand seiner Mutter weg und murmelte „Tamam, tamam!" *(Ist schon gut!)*

Seine Mutter, Necmiye Arslan, war eine kleine mollige Frau, um die fünfzig Jahre alt. So genau wusste das aber keiner. Zur Welt war sie mittels einer Hausgeburt gekommen. Ihre Familie lebte in der Türkei, in einem Dorf in der Nähe von Caycuma, einer Kleinstadt an der Schwarzmeerküste.

Als sie auf die Welt kam, wurde sie beim Standesamt nicht gemeldet, zumal die Möglichkeit bestanden hatte, dass sie hätte sterben können, und der Gang zum Standesamt war damals mühsam gewesen. Außerdem war sie ein Mädchen, wozu also die Umstände?

Aber sie hatte überlebt, und eines Tages stand der Direktor der nächsten Grundschule vor der Tür, ein engagierter Direktor, der durch Befragung seiner Schüler immer wieder herausbekam, in welcher Familie welche Kinder lebten, die nicht zur Schule geschickt wurden. Necmiye musste zur Schule, und deshalb wurde sie auch amtlich erfasst. Der Standesbeamte stellte nach ein paar Fragen ihr Geburtsdatum fest: 01.01.1931.

Doch in der Schule fehlte Necmiye sehr oft. Das Schreiben und Lesen war eine Qual für sie. Niemand half ihr bei den Hausaufgaben, und sie blieb Jahr für Jahr in der ersten Klasse sitzen. Nach fünf Jahren wurde sie schließlich von der Schulpflicht befreit und konnte sich nun ganz ihren häuslichen Pflichten widmen.

Früh wurde sie mit ihrem Vetter Nurettin verheiratet. Nurettin erwies sich als guter Ehemann. Er schlug seine Frau wenig. Jedoch machte er sie für die anfänglichen Fehlgeburten verantwortlich und prügelte sie hierfür mit einem Stock.

Aber nach der dritten Fehlgeburt wandte sich das Schicksal für Necmiye. Nurettin bekam die Chance, nach Deutschland zu gehen und dort als Gastarbeiter zu arbeiten. In diese Zeit fiel die nächste Geburt. Endlich ein Kind, das gesund blieb, zwar ein

Mädchen, dachte Nurettin, aber ein gesundes Mädchen!

Es klingelte an der Tür. Seine Mutter, die noch immer damit beschäftigt war, das Wohnzimmer aufzuräumen, rief: „Ah, Ilona geldi. Zeynep! Kapıyı aç kızım!" *(Ach, Ilona ist gekommen. Zeynep! Mach die Tür auf!)*

„Tuvaletteyim, anne! Açamam!" *(Ich bin auf dem Klo, Mutter! Ich kann nicht!)* schrie eine Stimme. Es klingelte wieder. Necmiye murmelte irgendetwas wie „Ah, bu çocuklar! Hiç bir işe yaramazlar" *(Ach, diese Kinder! Sie sind zu nichts nutz!),* und ging hinaus, um die Tür zu öffnen.

Ali war derweil noch immer mit seinem Traum beschäftigt. Er sprang auf, machte die Tür zu, schaute in eine Ecke des Zimmers, zog aus seinem imaginären Holster einen imaginären Colt und schoss: „Bam! Bam! Bam! Bam! Bam! Bam! Bam!" Nachdem er genau sieben Mal geschossen hatte, und auch getroffen hatte, war er mit sich selbst hoch zufrieden. Während er noch da stand und über weitere Aktionen nachdachte, ging die Wohnzimmertür auf und eine junge blonde Frau betrat das Zimmer.

Es war Ilona, die Verlobte Mehmets, Alis älterem Bruder. Nachdem Ilona Ali begrüßt hatte, und Ali - ohne sich umzudrehen - den Gruß erwidert hatte, fragte ihn Ilona, wie es am Vortag beim Arbeitsamt gewesen sei und ob sie ihm einen Job angeboten hätten. Ali antwortete gelangweilt, dass sie ihm keinen Job sondern einen Lehrgang angeboten hätten, bei dem er seinen Hauptschulabschuss nachholen sollte. Ilona fand es prima, Ali nicht. „Was ist denn besser?" fragte Ali, „Arbeitslos mit oder ohne Abschluss?" Ilona meinte, dass Ali dann wenigstens etwas Sinnvolles zu tun haben würde.

- Jetzt hab' ich auch genug zu tun.
- Ja. Autos knacken und so weiter.
- Nein. Das lohnt sich nicht mehr.
- Nein?
- Is' doch klar. Das Angebot ist zu groß. Die Preise sind im Keller. Außerdem macht es keinen Spaß.
- Ja, und was machst du jetzt?
- Jetzt habe ich einen Job im Hollywood.
- Hollywood ist diese Disco, nicht? Und was machst du da?
- Ich stehe an der Tür.
- Du stehst an der Tür und kassierst Eintritt?

- Nein, ich steh' an der Tür, und wer mir nicht gefällt, den lass' ich nicht 'rein.

Da kam Alis Mutter ins Wohn-zimmer und fragte Ilona, ob sie Tee möchte. Sie stellte die Frage auf Türkisch und Ilona antwortete auch auf Türkisch. Ilona besuchte einen Sprachkurs für Türkisch an der Volkshochschule, seit sie mit Mehmet befreundet war. Sie hatte einen starken Akzent, wenn sie Türkisch sprach. Als die Mutter sich umdrehte und das Zimmer verließ, rief Ali ihr hinterher: „Bana da! *(Für mich auch!)* Ilonas Mine zeigte deutlich, dass sie überhaupt nicht damit einverstanden war, wie Ali mit seiner Mutter sprach, und sie hoffte, dass Ali das merkte. „Ali, freust du dich, Nermin wiederzusehen?" war ihre nächste Frage. „Warum denn?" fragte Ali zurück.

- Sie ist schließlich deine Schwester.
- Sie war meine Schwester. Jetzt nicht mehr.
- Ich verstehe nicht. Was hat sie dir getan?
- Nix.
- Deinen Vater versteh' ich auch nicht.
- Du verstehst gar nix, Ilona. Halt' dich da raus!
- Dein Bruder ist da ganz anders. Ihn versteh' ich.

- Das meinst du nur.
- Wir werden schließlich heiraten.
- Das ist dein Problem.
- Wieso? Ich werde deine Schwägerin, und du wirst mein Schwager. Wie findest du das?
- Is' mir egal.

Die Tür ging auf. Alis Mutter kam mit Tee ins Zimmer, hinter sich ein junges, molliges Mädchen mit Kopftuch. Sie servierten gemeinsam den Tee. Ilona sprach das Mädchen an mit den Worten: „Hallo, Zeynep! Wie geht es dir?" Zeynep antwortete mit einem freundlichen „Guten Morgen, Ilona!" und einem weniger freundlichen „Guten Morgen, Ali!" Ali nahm Zeynep bewusst nicht zur Kenntnis. Dagegen wollte Ilona ein Gespräch mit ihr anfangen und fragte sie, ob sie sich freue, dass ihre Schwester komme. Ihre Frage wurde mit einem kurzen „Ja" beantwortet.

Ilona redete weiter:

- ➢ Ich möchte, dass Nermin meine Trauzeugin wird. Ob sie das tut?
- ➢ Bestimmt.

Die Mutter nahm die leeren Teegläser und verließ das Zimmer. Sie nahm an der Unterhaltung zwischen Ilona und Zeynep nicht teil. Ob sie verstand, worum es ging? Weder an ihrem Verhalten noch am Gesichtsausdruck war das zu erkennen.

Nachdem sie das Zimmer verlassen und die Tür hinter sich geschlossen hatte, fragte Ilona Zeynep, was ihre Mutter über ihre Heirat mit Mehmet denke. Bevor Zeynep antworten konnte, mischte sich Ali ein mit der Bemerkung: „Meine Mutter hält sich da `raus". Ilona fühlte sich provoziert und reagierte mit den Worten: „Ich habe nicht dich, sondern Zeynep gefragt!" Ali ließ sich nicht aus der Ruhe bringen und beantwortete die an Zeynep gerichtete Frage mit den Worten: „Zeynep denkt genauso wie mein Vater." Bevor die Lage eskalieren konnte, klingelte es an der Haustür. Ilona schaute auf die Uhr und sagte, dass es unmöglich Mehmet und Nermin sein können, das Flugzeug habe Verspätung. Zeynep ergriff die Gelegenheit, um zu sagen, dass das ihr Vater sein müsse, der Nachtschicht gehabt habe.

Ali eilte zur Zimmertür und öffnete sie. Sein Vater, Nurettin Arslan, stand vor ihm.

Nurettin Arslan war zirka ein Meter siebzig groß, stämmig, mit Wohlstandsbauch und Stiernacken. Er war um die fünfzig Jahre alt. Wenn man für ihn einen passenden Hund ausgesucht hätte, wäre das wohl eine englische Bulldogge gewesen. Ali wollte an seinem Vater vorbei, aber dieser schubste ihn zurück ins Zimmer und blieb an der Türschwelle stehen. Ilona begrüßte ihn als erste, er grüßte zurück und schaute nun Zeynep an.

> Kız, Zeynep. bana bir çay getir, hadi! *(Zeynep, komm, bring' mir einen Tee, Mädchen!)*

Zeynep ging zur Tür, wartete, bis ihr Vater die Tür freigab und das Zimmer betrat. Dann verließ Zeynep das Zimmer. Ali wollte hinter ihr her, aber sein Vater hielt ihn zurück mit den Worten: „Nereye böyle? Otur!" *(Wohin so eilig? Setz dich!)* Ali nahm auf dem Sofa Platz. Nurettin versuchte, die Machtverhältnisse zu klären, indem er sich vor seinem Sohn aufbaute. Vater und Sohn sprachen nun auf Deutsch miteinander.

> Hast du Arbeit?
> Ja.
> Was?
> Pförtner.
> Pförtner, wo?
> Im Klub.
> Kulüp? *(Verein?)* Fussball?
> Nein, Lokal. Wie ein Hotel.

Ilona, die das Gespräch zwischen Vater und Sohn verfolgte, war sichtlich amüsiert. Bevor sein Vater weitere Fragen stellte, fügte Ali: „aber ohne Übernachtung" hinzu. Sein Vater schien zufrieden zu sein.

> Das is' gut. Wo is' Vertrag?
> Ich bin in der Probezeit. Ich hab' noch keinen Vertrag.
> Das is' schlecht.

Ali stand auf, sein Vater setzte sich jetzt aufs Sofa. Zeynep kam mit Tee zurück und servierte ihn. Ali versuchte, die Gelegenheit zu nutzen und sich hinaus zu schleichen. Aber sein Vater merkte das und verwickelte ihn in ein Gespräch.

> Nereye böyle? *(Wohin so eilig?)*
> İşim var. *(Ich habe zu tun.)*
> Ne işin var? Otur! Ben gidebilirsin, dedim mi? *(Was

hast du zu tun? Setz dich! Habe ich gesagt, dass du gehen kannst?)

Sein Vater zeigte auf den Platz neben sich auf dem Sofa. Ali setzte sich rechts neben ihn, aber es war ihm sichtlich unangenehm. Zeynep hatte inzwischen den Tee serviert, stellte sich neben die Tür und wartete. Ilona schaute auf ihre Uhr. Im Raum herrschte eine fühlbare Spannung.

Mehmet wartete nun seit einer Stunde in der Ankunftshalle des Düsseldorfer Flughafens auf seine Schwester Nermin. Nermin war die älteste der vier Geschwister. Sie hatte ihr Jurastudium in der Türkei abgeschlossen und befand sich in der Referendarzeit. Mehmet, der ein Jahr jünger war als Nermin, hatte eine Ausbildung zum Kaufmann abgeschlossen und arbeitete in der Buchhaltung bei einer Firma in Duisburg. Das Verhältnis der beiden Geschwister war zwiespältig. Nermin passte nicht in das Vorstellungsbild von Mehmet. Er konnte nichts mit seiner Schwester anfangen. Seine Gefühle für sie schwankten zwischen Bewunderung und Angst.

Die Automatiktür ging auf und eine junge attraktive Frau um die fünfundzwanzig betrat die Ankunftshalle des Flughafens. Sie trug einen kurzen Rock, der ihre langen Beine zeigte. Sie bewegte sich wie ein Model. Mit ihren hohen Absätzen überragte sie die meisten Menschen in der Halle. Ihre langen, offenen Haare passten sich ihren Bewegungen an und wehten wie in einer Reklame für Haarspray. Zögernd hob Mehmet die Hand, um seiner Schwester seine Anwesenheit zu signalisieren, nachdem er für einen Augenblick überlegt hatte, ob er sich für sie schämen sollte. Er hatte das Gefühl, dass sämtliche Männerblicke in der Ankunftshalle auf seine Schwester gerichtet waren.

Nermin entdeckte ihren Bruder in der Menschenmenge. Mit einem lauten Ruf in seine Richtung ging sie auf ihn zu. Ihr Auftritt war wie bei einer Mode-Show. Auf ihren hohen Absätzen, in ihrem kurzen Rock und ihrer Bluse – Mehmet konnte nicht hingucken, sah man ihren Busen? - ging sie selbstbewusst auf ihren Bruder zu, der wie paralysiert da stand und sich die ganze Zeit nicht von der Stelle bewegte. Sie umarmte ihn und gab ihm einen Kuss auf die rechte und die linke Wange. Mehmet schnappte sich wortlos ihren Koffer, drehte sich um und eilte zum Aufzug, Nermin hinterher.

> Mehmet, bekle. Bir gazete alacaktım. *(Mehmet, warte. Ich wollte eine Zeitung kaufen.)*
> Wir haben keine Zeit. Seit einer Stunde ist das Auto im Parkhaus.
> Türkçeni unuttun mu, Mehmet? *(Hast du dein Türkisch verlernt, Mehmet?)*

> Wir sind in Deutschland. Was ist mit deinem Deutsch? Hast du es vergessen?
> Es heißt ‚verlernt', nicht ‚vergessen'. Eine Sprache kann man nicht vergessen, höchstens verlernen. An dieser Stelle heißt ‚unutmak' verlernen und nicht vergessen.
> Ich habe verstanden. Du kannst noch Deutsch.

Mehmet sagte nichts mehr. Der Aufzug kam, und sie stiegen ein. Er hatte bei seiner Schwester noch nie das letzte Wort gehabt. Sie war immer zu redegewandt für ihn gewesen. Nachdem er am Automaten die Parkgebühr entrichtet hatte, war seine Stimmung endgültig im Keller. Nermin sagte nichts mehr. Sie kannte ihren Bruder. Erst als sie im Auto saßen, legte sie wieder los.

> Wie ist denn deine Verlobte?
> Gut.
> Im Bett?

Bei der Frage errötete Mehmet. Seine Lippen fingen an zu zittern. Nermin hatte es wieder geschafft, ihn zu verunsichern. Schon früher, als er noch ein kleiner Junge gewesen war, hatte sie mit ihren Fragen immer so lange gebohrt, bis er in Tränen ausgebrochen war. Er hasste sie dafür. „Oder hast du noch nicht mit ihr geschlafen?" stichelte Nermin weiter. Mehmet sagte nichts. Er hatte einen knallroten Kopf. Jetzt würde Nermin weiter machen bis Mehmet ausrastete.

- Ist sie noch Jungfrau? Oder hat sie vor dir einen anderen gehabt?
- Halt die Schnauze!
- Dann frage ich sie selbst.
- Das tust du nicht! Das verbiete ich dir!
- Du kannst mir nichts verbieten, Mehmet. Also, entweder sagst du es mir, oder ich frage deine Verlobte. Wie heißt sie denn eigentlich?
- Ilona.
- Das ist ein schöner Name.
- Du verarscht mich.
- Ilona ist wirklich ein schöner Name.
- Du hast mich immer verarscht.
- Und du hast nie verstanden, wann ich etwas ironisch gemeint habe und wann nicht. Bemerkst du jetzt eine gewisse Ironie in meiner Stimme?
- Ich weiß nicht.

- Du meinst, ich würde dich auf den Arm nehmen, ja?
- Ich weiß nicht.
- Mehmet, warum hast du Angst vor mir?
- Ich habe keine Angst vor dir.
- Doch, du hast Angst vor mir. Du hast immer Angst vor mir gehabt, und auch jetzt hast du noch Angst vor mir. Ich bin wahrscheinlich das einzige Mädchen in deinem Leben, das dich verprügelt hat. Und ich bin immer noch stärker als du.
- Das bist du nicht!
- Doch, Mehmet. Inzwischen beherrsche ich mehrere Kampfsportarten. Apropos, hast du mit Karate weiter gemacht?
- Nein.
- Warum nicht?
- Keine Zeit.
- Keine Zeit? Was machst du denn die ganze Zeit?
- Arbeiten. Geld verdienen.
- Und Ilona? Was macht sie?
- Sie arbeitet im Supermarkt.
- Ihr seid ja Doppelverdiener.
- Wenn wir heiraten, braucht sie nicht mehr zu arbeiten. Ich werde für uns sorgen.
- Und sie macht mit?

- Warum nicht?
- Hast du mit ihr darüber gesprochen?
- Nein, noch nicht.
- Da bin ich aber gespannt.

Ali versuchte aufzustehen, als es an der Tür klingelte. Sein Vater aber hielt ihn fest. Ilona überlegte ganz kurz, ob sie zur Tür gehen sollte, aber Zeynep war schneller. Draußen hörte man ein ‚Selâmülaleykum!' *(Grüß Gott!)* Es war Hasan Hodscha. Die Tür ging auf und ein gepflegter, schlanker Mann, Mitte vierzig, mit Vollbart - getrimmt auf zirka einen Zentimeter Maximallänge - betrat den Raum mit einem „Selâmülaleyküm!" *(Grüß Gott!)* Nurettin Arslan sprang auf und grüßte den Hodscha seinerseits mit einem ‚Aleykümselâm, Hasan Hoca!' *(Grüß Gott, Hasan Hodscha!)* Anschließend ging er zum Hodscha, nahm seine ausgestreckte Hand, küsste sie und führte sie zur Stirn.

> Gel, otur! *(Komm, setz dich!)*

Der Hodscha setzte sich in den Sessel. Nurettin Arslan schaute seinen Sohn Ali an. Ali stand auf, ging zum Hodscha, beugte sich demütig vor ihm herunter, nahm die ausgestreckte Hand, küsste sie und führte sie zur Stirn. Dann trat er ein paar Schritte zurück, und sein Vater zeigte ihm mit einer Handbewegung, dass er sich wieder hinsetzen solle. Ilona stand nach wie vor an der Tür und beobachtete die Begrüßungsprozedur.

Sie wurde völlig ignoriert. Sie entschied sich zu gehen und wollte den Raum gerade verlassen, als Nurettin Arslan nach Zeynep rief. Diese erschien an der Tür und blockierte den Weg.

> Efendim? *(Bitte?)*
> Hasan Hocaya çay getir hemen! *(Bring sofort Tee für Hasan Hodscha!)*

Zeynep verließ daraufhin den Raum und schloss die Tür hinter sich. Ilona stand noch immer an der Tür. Der Hodscha fing ein Gespräch an. Er fragte Nurettin, ob Nermin schon aus der Türkei angekommen sei. Jetzt wandte sich Nurettin Arslan Ilona zu.

> Ilona, wann Mehmet nach Flughafen fahren?

Ilona war angenehm überrascht, dass sie doch wahrgenommen wurde, und sagte, dass Mehmet vor gut drei Stunden zum Flughafen gefahren sei. Das Gespräch wurde unterbrochen, als Zeynep mit dem Tee hereinkam. Ali machte einen Versuch aufzustehen. „Otur!" *(Platz!)* rief sein Vater. Ali und Zeynep setzten sich gleichzeitig hin, Ali rechts und Zeynep links neben ihren Vater. Dieser blickte seine Tochter streng an und sagte auf Deutsch „Nicht du!". Daraufhin sprang Zeynep sofort wieder auf, schnappte sich die leeren Teegläser und verließ den Raum. Nurettin Arslan wandte sich wieder Ilona zu und sprach sie an.

> ➢ Meine Tochter schlechte Tochter. Was machen ich jetzt?

Ilona wunderte sich, dass sie nun doch von der Partie war. Aber bevor sie etwas erwidern konnte, wandte sich Nurettin Arslan wieder dem Hodscha zu.

> ➢ Hoca Efendi, ne yapalım? *(Was sollen wir machen, Hodscha Effendi?)*
> ➢ Allah'ın izniyle bir şeyler yapacağız. *(Mit Allahs Erlaubnis werden wir einiges machen.)*

Ilona war sich nicht sicher, worum es ging. „Welche Tochter?" fragte sie. Umgehend kam die Antwort: „Tochter Nermin".

> ➢ Warum?
> ➢ Sie nicht heiraten wollen. Ich geben mein Wort zu Mustafa. Sie nicht halten mein Wort.

Der Hodscha mischte sich ein mit der Bemerkung, dass er Nurettin schon damals geraten habe, seine Tochter nicht in dem jungen Alter in der Türkei zu lassen, auch wenn es Verwandte waren, die auf sie aufpassen sollten und bei denen sie wohnen konnte. Nurettin bat um Entschuldigung beim Hodscha. Er gab zu, dass er damals einen großen Fehler gemacht habe. Aber wehe, wenn Nermin erst einmal zu Hause war, dann würde er ihr zeigen, wie sie sich zu benehmen hatte. Er wandte sich noch einmal Ilona zu.

> ➢ Wenn Nermin kommen, ich nehmen pasaport weg. Keine meine Erlaubnis, sie dann nicht weggehen.
> ➢ Ich weiß nicht, ob das eine gute Idee ist.

Der Hodscha schlug vor, dass Nermin gemeinsam mit Zeynep am Korankurs teilnehmen solle. Nurettin fand die Idee gut. Er deutete auf Ilona und bat den Hodscha, dass er auch ihr etwas beibringen möge, da sie bald die Braut im Hause Arslan sein würde. Er wandte sich erneut Ilona zu mit den Worten: „Ilona, du machen Kurs mit Hasan

Hodscha". Ilona dachte, er meine einen Sprachkurs. Sie bedankte sich und sagte, dass sie bereits an einem Kurs an der Volkshochschule teilnehme. Nurettin war überrascht. Ali mischte sich ein mit den Worten: „Er meint einen Korankurs".

Bevor Ilona reagieren konnte, klingelte es an der Haustür. Dankbar für die Unterbrechung des Gesprächs, atmete Ilona mit einem „Das sind sie!" auf. Der Hodscha flüsterte Nurettin Arslan zu, dass er nicht vergessen möge, was sie besprochen hatten. Von der Tür her hörte man die unverwechselbare Stimme Nermins: „Zeynepçiğim! Ah, biricik anneciğim! Benim biricik anneciğim!" *(Mein Zeynepchen! Ach, Mütterchen! Mein ein und einziges Mütterchen!)* Kurz darauf betrat Nermin das Wohnzimmer. Sie ging sofort auf ihren Vater zu. Sie musste an dem Hodscha vorbeigehen. Dieser streckte seine Hand aus. Nermin übersah sie. Auch ihr Vater streckte ihr seine Hand entgegen. Sie sollte ihm die Hand küssen. Stattdessen ergriff Nermin seine Hand und gab ihm einen Wangenkuss. Dann wandte sie sich Ali zu mit einem "Wie geht's dir Ali? Komm, umarme deine Schwester und sag 'Willkommen!" Ali bewegte sich nicht von der Stelle. Ein kaltes 'hoş geldin' *(Willkommen)* entfloh seinem Mund. Nermin ließ sich durch sein Verhalten nicht stören und wandte sich Ilona zu.

> ➢ Und du bist bestimmt Ilona. Auf der Fahrt hierher hat mir

> Mehmet viel von dir erzählt. Ich habe mir die Freiheit genommen, dich zu duzen. Ich denke, du hast nichts dagegen, Ilona. Du gehörst ja bald zur Familie.

Aus Ilonas Mund hörte man ein schwaches "ich freue mich". Nermin setzte sich auf die Armlehne des Sofas, zu Ilona. Ihr Rock zog sich weit übers Knie zurück. Hasan Hodscha schaute anstandshalber und auch demonstrativ weg und stand auf, um zu gehen.

> ➤ Allah'ın izniyle … *(Mit Allahs Erlaubnis …)*

Nurettin Arslan versuchte, die Situation zu retten.

> ➤ Hasan Hoca, otur biraz daha! *(Hasan Hodscha, bleib noch ein bisschen!)*
> ➤ Öğlen namazına yetişeyim. Unutma konuştuklarımızı. *(Ich muss zum Mittagsgebet. Vergiss nicht, was wir besprochen haben.)*

Der Hodscha verließ den Raum, Nurettin folgte ihm. Ali nutzte die Gelegenheit, sagte „ich muss auch gehen", und verließ ebenfalls den Raum. Nermin setzte sich nun neben Ilona auf das Sofa.

- ➢ Na, so was! Alle weg! Jetzt sind wir Frauen unter uns. Nun, Ilona, was machst du so?
- ➢ Ich bin Kassiererin in einem Supermarkt. Heute habe ich meinen freien Tag. Und was machst du? Ich habe gehört, du studierst.
- ➢ Ich habe Jura studiert, und jetzt bin ich mit dem Studium fertig.
- ➢ Ich habe gehört, du bist verlobt.
- ➢ Nein, ich bin nicht verlobt, Ilona. Aber mein Vater will es so. Er hat mich jemandem versprochen.
- ➢ Du kennst ihn nicht?
- ➢ Nein, ich will ihn auch nicht kennenlernen. Ich habe schon einen Freund. Er ist Rechtsanwalt. Wir werden uns in Kürze verloben. Wenn ich mit der Referendarzeit fertig bin, heiraten wir.
- ➢ Was machst du, wenn dein Vater ‚nein' sagt?
- ➢ Dann muss die Hochzeit ohne die Zustimmung meines Vaters stattfinden.

➢ Meine Hochzeit wird wohl auch ohne die Zustimmung meines Vaters stattfinden. Seitdem ich mit Mehmet zusammen bin, spricht er nicht mehr mit mir.

Jetzt kam Zeynep in das Wohnzimmer. Nermin war sichtlich dankbar für die Unterbrechung. Mit einem „Zeynep! Meine kleine Schwester! Komm zu mir!" rettete sie sich vor der weiteren Befragung Ilonas. Zeynep ging auf Nermin zu und setzte sich neben sie auf das Sofa. Der äußerliche Unterschied zwischen den beiden Schwestern war groß. Während Nermin Selbstbewusstsein ausstrahlte, wirkte Zeynep äußerst verhalten und unsicher. In halb gebückter Haltung hockte sie neben Nermin, schaute auf den Boden und flüsterte: „Vater ist böse".

Bevor Nermin reagieren konnte, kam Mehmet ins Zimmer, ging auf Nermin zu und stellte sich direkt vor sie.

➢ Nermin, kannst du bitte etwas anderes anziehen! Unser Vater tobt draußen wegen deinen nackten Beinen.
➢ Nackte Beine? Ich habe eine Strumpfhose an.

- Ja, ich weiß, aber ...
- Aber was? Soll ich mich etwa wie Zeynep anziehen? In welchem Jahrhundert leben wir denn?
- Willst du vor Ilona eine Szene machen?
- Ilona, was sagst du dazu?
- Vielleicht kannst du eine Hose anziehen, um Ärger zu vermeiden?
- Ach, du meinst, dann ist alles in Ordnung?
- Ich weiß es nicht.
- Na, gut. Machen wir eine Ausnahme, um den Familienfrieden zu retten.

Nermin stand auf und wollte den Raum verlassen. In demselben Augenblick kam ihr Vater herein. Er stellte sich direkt vor seine Tochter. Nermin schaute ihrem Vater tief in die Augen. Aber er konnte dem Blick seiner Tochter nicht standhalten. Alle anderen im Raum schauten gespannt zu. Für einen Augenblick war er verunsichert, schaute dann weg, ging einen Schritt zur Seite.

Nermin verließ den Raum mit sichtlich triumphierendem Gang. Ihr Vater schloss hinter ihr die Tür. Er drehte sich um und schaute Zeynep, Ilona und Ali an, die inzwischen alle standen. Zuerst wurde Zeynep angewiesen mit den Worten: „Zeynep, kız, çay getir!" *(Mädchen, Zeynep, bring Tee!)* Zeynep verließ schleunigst das Zimmer. Aber selbst dabei achtete sie gewissenhaft darauf, die Zimmertür sehr langsam zu öffnen und zu schließen, man merkte, dass diese niemals offen stehen bleiben durfte. Erst nachdem die Tür geschlossen war, sprach Nurettin Arslan weiter.

➢ Mehmet, ‚utanmak' ne demek Almanca'da? *(Mehmet, was heißt ‚utanmak' auf Deutsch?)*
➢ ‚sich schämen' demek. *(Es heißt: ‚sich schämen'.)*

> Ilona, Nermin kein sich schämen! Wie Hure! Nackte Beine! Alle Männer gucken!

Ilona versuchte, die Situation zu entschärfen mit einem: „Vielleicht ist das modern in der Türkei".

> Nix modern! Guck Zeynep! So meine Tochter. Machen, was Vater sagt. Türkische Frau soll heiraten und Kinder kriegen. Nur Frau Kinder kriegen. Das ist Natur. Mann muss Geld verdienen.

Inzwischen völlig verunsichert, parierte Ilona mit den Worten „ich arbeite auch". Aber das beeindruckte Nurettin Arslan nicht. Anscheinend auch Mehmet nicht, der seinerseits Ilona anschaute und erklärte, dass sie nach ihrer Heirat nicht mehr würde arbeiten müssen. Während Ilona noch überlegte, ob das in ihrem Sinne wäre und was Mehmet damit meine, kam Zeynep mit dem Tee herein. Nurettin Arslan zeigte stolz auf sie und fügte hinzu:

> Zeynep auch bald heiraten. Meine Tochter Zeynep gute Frau. Viele Kinder machen.

Zeynep konnte plötzlich das Tablett mit dem Tee nicht mehr halten, sie wurde ohnmächtig und fiel zu Boden.

Kapitel II

Der zweite Tag

Zeynep ist schwanger

Ali steht wieder mitten in einem Saloon. Es stehen drei Skinheads an der Theke. Einer von ihnen dreht sich um und schaut Ali in die Augen.

> ➤ Ist das nicht der Bruder von der Türkin, die so nett zu uns war?

Jetzt drehen sich auch die beiden anderen Skinheads um. Der zweite Skinhead grinst Ali an.

> ➤ Na, Ali, was macht deine Schwester?
> ➤ Ich mach' euch kalt!

Die Skinheads lachen. Der dritte Skinhead schaut die beiden anderen an.

> ➤ Ich hab' gehört, der hat noch eine Schwester. Die soll es mit jedem machen.

Ali nimmt eine Angriffshaltung ein. Mit einem Karateschrei will er sich auf die Skinheads stürzen. Doch er stolpert und fällt hin. Er hört etwas wie „Ali, wach auf".

Ali schlug die Augen auf und sah seinen Bruder Mehmet und Ilona vor sich stehen und ihn besorgt anschauen. Er war vom Sofa gefallen und lag auf dem Boden.

> Es waren Skinheads.

Mehmet und Ilona schauten ihn neugierig und besorgt an.

> Es können nur Skinheads gewesen sein.

Während er langsam vom Boden auf das Sofa stieg, ließ sich Ilona in den Sessel fallen.

> Warum hat sie keinem was erzählt? Ich hätte nie gedacht, dass sie einen Freund hat.
> Sie hat keinen Freund.
> Ach, sie ist ganz von alleine schwanger geworden, was?

Jetzt mischte sich Mehmet ein.

> Meine Schwester tut so 'was nicht. Sie ist keine Hure.

Ilona glaubte ihren Ohren nicht.

> Heißt das, dass ich eine bin?

Mehmet war die Ruhe selbst, als er Ilonas Frage beantwortete.

> ➢ Das ist was anders. Du bist eine Deutsche, sie ist eine Türkin.

Jetzt war Ilona außer sich.

> ➢ Ich glaube, ich spinne! Das lass' ich mir nicht bieten!

Jetzt mischte Ali sich ein.

> ➢ Du verstehst gar nix! Halt dich da raus!

Mehmet bewahrte seine Ruhe.

> ➢ Eine Türkin lässt sich nicht vergewaltigen. Eher bringt sie sich um.

Ilona reagierte kommentierend.

> ➢ Aha! Dann hat sie also doch einen Freund.

Ali wirkte inzwischen verzweifelt.

> ➢ Sie hat keinen Freund! Ich habe doch schon gesagt, es waren Skinheads!

Mehmet setzte sich auf das Sofa neben seinen Bruder.

> ➢ Das ist eine Schande für die ganze Familie. Wie soll ich es unserem Vater erklären?

Ilona hatte sich inzwischen wieder etwas beruhigt und meinte vorsichtig:

> ➢ Ich denke, das macht am besten deine Mutter.

In dem Moment als Ali „ich denke nicht" erwiderte, klingelte es an der Tür. Das Klingeln wirkte auf alle wie ein Stromschlag. Sie sprangen gleichzeitig auf. Ob der Vater schon da war? Keiner bewegte sich von der Stelle. Es klingelte wieder. Ilona fragte, ob nicht jemand an die Tür gehen wolle. Sie schaute Ali an. Doch Ali nahm die Haltung: „ich bin nicht dafür zuständig" an und meinte:

> ➢ Wieso? Meine Mutter ist doch da.

Mehmet wirkte wie paralysiert.

> ➢ Ilona, geh du mal hin!
> ➢ Ich? Ich denk' nicht dran! Außerdem ist das nicht meine Wohnung. Du musst hin.

Es klingelte wieder. Jetzt stand Mehmet auf und ging zur Tür. Ali setzte sich wieder und umfasste seinen Kopf mit beiden Händen.

> ➢ Diese scheiß Skinheads!
> ➢ Woher weißt du, dass sie es waren?
> ➢ Es gibt keine andere Möglichkeit.

Was nicht sein kann, darf nicht sein. Beide Brüder waren völlig überfordert von der Vorstellung, dass ihre Schwester Zeynep schwanger war. Der Mann, den man dazu brauchte, existierte nicht. Die unter diesen Umständen einzigen Erklärungen für eine Schwangerschaft - die Existenz eines Freundes oder eine Vergewaltigung - waren undenkbar. Allerdings war vielleicht eine Vergewaltigung durch die Skinheads noch das kleinere Übel von den einzigen beiden Möglichkeiten. Wie hätte seine kleine Schwester sich gegen drei grausame Skinheads wehren können? Hierzu wäre sie doch körperlich gar nicht in der Lage gewesen. Ja, das war die beste Lösung!

Da öffnete sich die Wohnzimmertür. Eine Frau, zirka Mitte vierzig, betrat das Zimmer. Ilona reagierte überrascht und verlegen.

> ➢ Mutti! Was machst du denn hier? Ist etwas passiert?

Frau Weber sprach jetzt in äußerst besorgtem Ton mit ihrer Tochter.

> ➢ Ilona, dein Vater ist krank. Kommst du bitte mit nach Hause?
> ➢ Mutti, ich habe mich entschieden.

Ali merkte, wie schwierig die Situation bald werden würde und verabschiedete sich schnell. Frau Weber machte noch einen verzweifelten Versuch, ihre Tochter umzustimmen.

> ➢ Kind, hast du denn kein Mitleid mit deinem Vater?
> ➢ Fang' bitte nicht damit an, Mutter! Auf die Tour falle ich nicht mehr 'rein.
> ➢ Vielleicht willst du es dir nochmal überlegen. Wir werden dich dann bestimmt nicht zurückhalten.

> Ich hab's mir schon gründlich überlegt. Ich bin erwachsen genug.

Es klingelte.

> Was soll ich denn deinem Vater sagen?
> Sag ihm, was du willst.

Inzwischen war auch Nermin ins Wohnzimmer gekommen. Frau Weber schien sie gar nicht zu bemerken und sprach weiter mit ihrer Tochter.

> Willst du denn deinen Vater umbringen, Kind?
> Das ist Erpressung, Mutter!

Nermin unterbrach die beiden mit einem „Guten Tag!" Ilona schien dankbar zu sein für die Unter-brechung.

> Das ist meine Mutter. Mutter, das ist ...
> Guten Tag! Wie geht es Ihnen? Ich bin Mehmets Schwester, Nermin.

Frau Weber reagierte mit einem kurzen „Guten Tag!" Nermin fragte Ilona, ob ihre Mutter vielleicht einen Tee möge.

Ilona sagte ihr, dass ihre Mutter sich nicht wohl fühlte. Daraufhin fragte Nermin jetzt Frau Weber selber, ob sie Tee oder Kaffee wolle. Frau Weber bedankte sich.

> ➢ Machen Sie sich bitte keine Mühe. Ich muss sowieso nach Hause.
> ➢ Aber, ich bitte Sie. Es ist mir eine Freude.

Schließlich unterbrach Ilona das Gespräch und fragte nach Zeynep. Nermin antwortete ihr gelassen, dass Zeynep über den Berg sei, und dass sie am Nachmittag entlassen werde. Außerdem hätte der Arzt gemeint, sie müsse sich schonen. Frau Weber, die das Gespräch mitbekommen hatte, fragte ob Zeynep krank sei. Lapidar antwortete Nermin, dass sie nicht krank, sondern schwanger sei. Ilona verspürte eine Gänsehaut, die sich über ihrem ganzen Körper ausbreitete. Jetzt war Frau Weber neugierig. Sie reagierte mit der Bemerkung: „Ich wusste gar nicht, dass sie verheiratet ist", woraufhin Nermin ruhig ausführte, dass das auch nicht sei.

Mit den Worten: „Mutti, du wolltest gehen!" unterbrach Ilona das Gespräch. Doch das, was für Ilona peinlich war, störte Nermin nicht im Geringsten. Sie ließ sich nicht aus der Ruhe bringen.

> ➢ Bleiben Sie doch, Frau Weber! Möchten Sie Tee oder Kaffee?

Doch jetzt wurde sie unterbrochen durch Mehmet, der ins Zimmer kam. Frau Weber nutzte die Gelegenheit und erwiderte, dass sie weder Tee noch Kaffee möchte, bedankte sich und bat ihre Tochter mitzukommen. Nachdem Ilona ihre Bitte ablehnte, blieb ihr nichts anders übrig als alleine zu gehen. Ohne ihren zukünftigen Schwiegersohn anzuschauen, ging sie an ihm vorbei und verließ den Raum.

Als sie wieder unter sich waren, fragte Mehmet seine Schwester, was mit Zeynep sei. Nermin erwiderte, dass sie sie nachmittags abholen könnten. Aber Mehmet wollte wissen, ob sie tatsächlich schwanger sei. Nermin erwiderte, dass sie im dritten Monat sei und ein gesundes Baby erwarte. Sie müsse sich nur ein bisschen schonen, habe der Arzt gesagt. Ilona war überrascht, wie ruhig und entspannt, ja fast fröhlich Nermin wirkte.

> ➢ Du freust dich ja für sie.
> ➢ Natürlich freue ich mich. Warum sollte ich nicht?

Mehmet fragte seine Schwester gespannt, wer der Vater sei. Doch Nermin erwiderte, sie wisse es nicht. Mehmet hatte noch viele Fragen. Doch da klingelte es. Nurettin Arslan war von der Arbeit zurück. Ilona flüsterte Mehmet zu, ob er seinem Vater sagen werde, dass Zeynep schwanger sei.

„Nein, kein Wort zu ihm", erwiderte Mehmet. Es klingelte wieder. „Da muss einer die Tür aufmachen", sagte Ilona. Mehmet fragte Nermin, ob sie nicht die Tür aufmachen wolle. Doch Nermin antwortete mit der Gegenfrage: „Warum gehst du nicht selber hin?" Mehmet wurde wütend.

> Scheiße!

Ilona bot sich an.

> Ich geh' schon.
> Bleib sitzen! Das geht nicht!

Jetzt ging Mehmet doch hinaus und schloss die Tür hinter sich. Ilona wandte sich Nermin zu.

> Findest du das richtig?
> Was?
> Wie du mit deiner Familie umgehst.
> Wie gehe ich denn mit meiner Familie um, Ilona?
> Na, ja, du ...
> Und wie gehst du mit deiner Familie um, Ilona?

In diesem Moment kamen Mehmet und sein Vater ins Zimmer. Ilona stand auf und begrüßte ihren künftigen Schwiegervater. Er grüßte zurück und setzte sich in den Sessel. Mehmet und Ilona nahmen auf dem Sofa Platz. Nermin blieb stehen. Der Vater tat so, als sei

Nermin gar nicht anwesend und fragte Mehmet:

> ➤ Annen nerede? *(Wo ist deine Mutter?)*
> ➤ Biraz rahatsız. *(Sie fühlt sich nicht wohl.)*
> ➤ Zeynep nerede? Çay yapsın! *(Wo ist Zeynep? Sie soll Tee machen.)*
> ➤ Zeynep hastanede. *(Zeynep ist im Krankenhaus.)*
> ➤ Hâlâ hastanede mi? Nesi varmış? *(Ist sie immer noch im Krankenhaus. Was hat sie denn?)*
> ➤ Tam olarak bilmiyorlar. Ama önemli değilmiş. Biraz sonra gidip alacağız. *(Genau wissen sie es nicht. Aber es soll nichts Schlimmes sein. Wir werden gleich hinfahren und sie abholen.)*

Nurettin Arslan wandte sich nun Ilona zu und fragte, ob sie Tee möchte. Ilona erwiderte, dass sie den Tee zubereiten werde und stand auf. „Nein, du sitzen!" rief Nurettin laut, und Ilona setzte sich sofort wieder hin.

Nachdem er zu ihr „Schlechte Tochter machen Tee! Du Gast" gesagt hatte, wandte er sich Nermin zu und appellierte an ihre Gastfreundschaft.

- Hadi kız, ayıp oluyor. *(Komm, Mädchen, bring keine Schande über uns.)*
- Warum bin ich schlecht?
- Weil du nicht machen, was Vater sag!

Um die Situation nicht weiter eskalieren zu lassen, mischte sich Mehmet mit flehender und zugleich bestimmender Stimme ein. Er bat seine Schwester Nermin, dem Vater zu gehorchen. Auch Ilona tat ihr Bestes, indem sie erneut aufstand und betonte, dass es ihr wirklich nichts ausmache, den Tee zuzubereiten. Nurettin Arslan jedoch wiederholte seinen Wunsch, indem er einerseits Ilona sagte, dass sie sitzen bleiben solle und andererseits mit den Worten: „Tochter machen Tee!" seine Tochter Nermin anwies, den Tee zuzubereiten. Ilona setzte sich wieder hin.

Nermin ging auf ihren Vater zu und stellte sich vor ihn.

- Sag': „Bitte, Nermin, würdest du uns Tee machen?"

Mehmet sprang auf mit einem „Das reicht mir aber ...", was Nermin mit einem „Du hältst dich `raus!" parierte. Dann wandte sie sich nochmals lautstark mit den Worten: „Entweder sagst du `bitte` oder du kriegst keinen Tee!" an ihren Vater. Nurettin Arslan merkte, dass er diese Schlacht nicht gewinnen konnte. Außerdem dachte er, wenn er mit einem `bitte`- was ja eigentlich höflich und anständig sei – das erreichen konnte, was er wollte, hätte er nichts dagegen. Ein leises `bitte` ertönte aus seinem Mund. Mehmet setzte sich wieder hin. Nermin stand immer noch da, die Hände auf ihre Hüften gestützt und schaute ihren Vater mit strengem Blick an.

➢ Bitte was?
➢ Bitte, Tee!

Nurettin war verzweifelt. Nermin ließ nicht locker.

➢ Nein! Sag: „Würdest du uns bitte Tee machen".

Mehmet sprang auf.

> Das mach' ich nicht mehr mit! Das kannst du nicht von ihm verlangen!
> Warum nicht? Zwanzig Jahre lang ist er schon in Deutschland. Ist es zu viel verlangt? Also ...

Sie wandte sich wieder ihrem Vater zu, mit strengem Blick. Nurettin vermied den direkten Blickkontakt mit seiner Tochter und schaute auf den Boden. Er quälte sich.

> Bitte, Tee machen, Nermin.
> Schon besser. Jetzt: „Würdest du bitte Tee machen, Nermin."

Jetzt war es auch Ilona zu viel, die die ganze Zeit das Geschehen mit gemischten Gefühlen verfolgt hatte. Sie äußerte ihren Unmut Nermin gegenüber, indem sie sie beschuldigte, mit der Würde ihres Vaters zu spielen. Doch Nermin war nicht mehr zu bremsen.

> Und was ist mit der Würde deines Vaters? Der Mann liegt krank im Bett und schickt nach dir. Du hast nicht einmal Courage genug hinzugehen, um ihm deine Meinung zu sagen!

Und noch einmal zu ihrem Vater:

> ➢ Würdest du uns bitte Tee machen, Nermin?" Sag es endlich, du Tyrann!

Jetzt war es Mehmet, der blitzschnell aufsprang. Er wollte sich auf seine Schwester Nermin stürzen. Doch Ilona sprang auf und hielt ihn zurück. Nurettin war völlig überrascht von der Reaktion seines Sohnes.

> ➢ Ne dedi, Mehmet? *(Was hat sie gesagt, Mehmet?)*

Nermin wandte sich Ilona zu, die Mehmet umklammerte und auf dem Sofa festhielt.

> ➢ Lass ihn doch, Ilona. Komm doch, Mehmet! Zeig Ilona endlich, was für ein Chauvi du bist.

Nurettin Arslan verstand nichts.

> ➢ Yahu, ne diyor bu kız, Mehmet? *(Was sagt denn dieses Mädchen, Mehmet?)*

Nermin war jetzt endgültig in Rage. Rhetorisch war sie allen haushoch überlegen.

> ➢ Frauen haben keine Rechte in diesem Haus, Ilona. Guck doch meine Mutter an! Hat sie irgendwelche Rechte? Nein, sie hat nur Pflichten. Putzen, kochen, bügeln, waschen, spülen, Kinder machen, ihren Mann befriedigen, ...

Mehmet, der noch immer von Ilona festgehalten wurde, liefen die Tränen über das Gesicht vor lauter Wut und Hilflosigkeit gegenüber seiner Schwester. Er schrie sie an, dass sie endlich den Mund halten solle. Nermin ließ sich jedoch nicht aufhalten durch das hysterische Geschrei ihres Bruders.

> ➢ Sie hat keine eigene Meinung. Sie ist total unterwürfig. So entspricht sie der Idealvorstellung eines chauvinistischen Schweins.

Nurettin Arslan, der nun ein bekanntes Wort aufgeschnappt hatte, reagierte.

> Bu kime `şvayn` dedi, Mehmet?
> *(Zu wem hat sie `Schwein` gesagt, Mehmet?)*

Ilona versuchte, die Situation zu entschärfen, indem sie Nermin sagte, dass sie ihren Vater nicht mehr ändern könne. Mehmet jedoch war weiter auf Konfrontationskurs.

> Nermin, wenn du noch ein Wort sagst, ...

Nermin war inzwischen völlig außer sich. Sie hatte jegliche Selbstbeherrschung verloren. Hasserfüllt blickte sie ihren Bruder an.

> Und du bist genauso schuld daran, dass Zeynep schwanger ist.

Während Mehmet das Gefühl hatte, von einem Blitz getroffen zu sein, hatte sein Vater zwei wichtige Worte aufgeschnappt: „Zeynep" und „schwanger". Auf Nermins Stirn sah man kleine Äderchen, die zu platzen drohten.

> Ja! Deine gute Tochter ist schwanger. Kapito? Sie ist nicht mehr Jungfrau. Sie ist nicht `mal

eine halbe Kuh wert. Alle Investitionen waren umsonst. Der Korankurs, das Kopftuch, ...

Wie paralysiert saß Nurettin Arslan in seinem Sessel. Seine Gedanken waren konfus. Man hörte ihn fast röchelnd fragen: „Wer Vater?" Nermin war jetzt voll in ihrem Element. Ironie und Sarkasmus wechselten sich in ihrem Ton ab. Sie holte aus zum Todesstoß.

> ➢ Vielleicht ist dein engster Vertrauter, dein Ratgeber, dein Alleswisser, dein Hasan Hodscha der Vater.

Es klingelte. Nermin ging aus dem Zimmer und knallte die Tür hinter sich zu. Aus dem Zusammenhang gerissen, hatte Nurettin eines verstanden: der Hodscha war der Vater des Kindes.

> ➢ Mehmet, doğru mu, dedikleri? *(Mehmet, stimmt es, was sie sagt?)*
> ➢ Sen ona bakma, baba. *(Achte nicht auf sie, Vater.)*

Da ging die Tür auf und der Hodscha kam herein.

> ➢ Selâmülaleyküm! *(Grüß Gott!)*

Nurettin Arslan sprang aus seinem Sessel und stürzte sich auf den Hodscha.

> ➢ Ulan, şerefsiz, öldüreceğim seni! Ailemin şanını, şerefini mahvettin! *(Du Ehrloser! Ich bringe dich um! Du hast den guten Ruf, die Ehre meiner Familie zerstört!)*

Kapitel III

Der dritte Tag

Zeynep muss weg

Am nächsten Tag schien die Welt noch nicht untergegangen zu sein. Ali schlief auf dem Sofa im Wohnzimmer und träumte. Er schlug mit den Fäusten um sich. Plötzlich trat er mit einem Karateschrei in die Luft und fiel samt Decke und Kissen auf den Boden.

Während Ali auf dem Boden weiter kämpfte, kam Ilona herein. Inzwischen kannte sie Ali so gut, dass eine solche Situation sie nicht aus der Ruhe bringen konnte. Mit einem „Guten Morgen, Ali!" weckte sie ihn sanft aus seinem Schlaf. Ali stand noch ganz unter der Wirkung seines Traumes. Mit einem „Was! Wo sind sie?" schlug er die Augen auf. Auf Ilonas Frage, wer „sie" seien, antwortete er, es waren die Skinheads, dieselben wie im gestrigen Traum. Ali wollte nicht akzeptieren, dass es nur ein Traum war. Er war der Meinung, dass irgendeine übernatürliche Macht ihm mitteilen wollte, dass die Skinheads die Täter waren. Er erzählte Ilona, dass der eine Skinhead ihm an die Kehle gepackt habe. Er hätte ihn aber abgeschüttelt. Der andere hätte ihn mit seinem Messer erstochen. Er zeigte Ilona auf seinen Bauch die Stelle, wo der zweite Skinhead zugestochen hätte.

Dann stand er auf und suchte vergebens nach dem Messerstich. Währenddessen räumte Ilona auf und fragte ihn, ob er Tee haben möchte. Ali hörte nicht zu, realisierte, dass er geträumt hatte und äußerte diese Erkenntnis laut. Ilona wiederholte ihre Frage. Ali antwortete mit einem kurzen „ja". Das war Ilona aber zu wenig. Sie wollte wenigstens ein „bitte" hören. Das, was Nermin am gestrigen Tag mit ihrem Vater veranstaltet hatte, hatte ihr sehr imponiert. Ali verstand nicht, worauf Ilona hinaus wollte. Resignierend erklärte Ilona ihm, dass man „bitte" sage. Ali verstand sie trotzdem nicht und fragte sie seinerseits, was mit ihr los sei. Schließlich gab Ilona auf und sagte Ali, dass er sich seinen Tee selber holen solle, woraufhin Ali nach seiner Schwester Zeynep rief. Als Ilona ihm mitteilte, dass ihr Vater Zeynep in ihr Zimmer eingesperrt habe, rief Ali nach seiner Mutter. Ilonas Reaktion war ein lautes „Scheiße".

Die Tür öffnete sich einen Spalt. Die Mutter schaute hinein. Im Befehlston brüllte Ali seine Mutter an.

> ➢ Çay! *(Tee!)*

Ilona war empört, konnte ihrer Empörung jedoch keinen Ausdruck verleihen, denn Alis Mutter fragte sie ganz gelassen, ob sie auch einen Tee wolle. Es blieb ihr nichts übrig, als sich bei ihr auf Türkisch zu bedanken. Sobald die Mutter wieder den Raum verlassen hatte, wandte sich Ilona Ali zu.

> ➢ Ich versteh' dich nicht.
> ➢ Ilona, du verstehst gar nix!
> ➢ Sie ist doch deine Schwester.
> ➢ Ich habe keine Schwester mehr.
> ➢ Nermin hat Recht. Ihr Männer seid alle gefühllos und egoistisch.
> ➢ Warum bist du dann noch hier?
> ➢ Das frage ich mich auch.
> ➢ Dann geh doch!

Die Tür ging auf. Frau Arslan kam mit dem Tee herein und servierte ihn. Zuerst bediente sie Ilona. Ilona bedankte sich auf Türkisch. Dann war Ali an der Reihe. Er bedankte sich nicht. Frau Arslan verließ das Zimmer. Ilona überlegte, ob sie Ali wegen seines Benehmens gegenüber seiner Mutter tadeln sollte. War Ali ein hoffnungsloser Fall? Vielleicht würde sie später darüber nachdenken. Jetzt gab es andere Sorgen.

- Gestern ging alles so schnell, Ali. War es nun der Hodscha?
- Nein.
- Ich habe deinen Vater noch nie so wütend gesehen.
- Ich auch nicht.
- Der Hodscha kam auch genau im falschen Augenblick.
- Das hat Nermin bestimmt mit Absicht gemacht.
- Nein, sie hat nur sagen wollen, dass es möglicherweise der Hodscha war.
- Sie wollte, dass es der Hodscha war. Sie hasst ihn.
- Mir ist er auch nicht gerade sympathisch.
- Aber es waren Skinheads.

Zuerst hatten Mehmet und Ilona wie betäubt zugeschaut, als Mehmets Vater auf den Hodscha losgegangen war. Erst als sein Vater über dem Hodscha gehockt und ihm mehrmals ins Gesicht geschlagen hatte, hatte Mehmet eingegriffen und ihn zurückgezogen.

Der Hodscha, der für einen Augenblick vom Griff und den Schlägen Nurettins befreit gewesen war, hatte die Flucht ergriffen und war aus dem Zimmer gelaufen. Die Tür hatte er offen stehen gelassen. Mehmet hatte versucht, seinen Vater zu beruhigen und ihm zu erklären, dass Nermin nur eine Möglichkeit erwähnt und nicht etwa gesagt hatte, dass es mit hundertprozentiger Sicherheit der Hodscha gewesen sei.

Langsam wurde Nurettin klar, dass er den Hodscha höchstwahrscheinlich ohne Grund verprügelt hatte. Wenn dem so war, hatte er die Regeln der Gastfreundschaft mit Füßen getreten. Was für eine Schande!

Ali wäre es am liebsten, die Skinheads wären die Täter gewesen. Damit könnte er am besten zurechtkommen können. Skinheads waren böse. Sie sahen böse aus und benahmen sich auch so. Dass sein Vater den Hodscha verprügelt hatte, mochte er kaum glauben. Wäre er nur dabei gewesen! Hätte er dann seinem Bruder Mehmet geholfen und seinen Vater zurückgezogen? Er war sich nicht sicher, ob er es geschafft hätte. Er versuchte sich vorzustellen, wie sein Vater auf dem Hodscha gehockt und ihm ins Gesicht geschlagen hatte. Wie sollte es jetzt weitergehen? Wie sollte er sich dem Hodscha gegenüber verhalten? Er war ja bei der Prügelei nicht dabei gewesen. Könnte er also, wenn er demnächst dem Hodscha zum Beispiel auf der Straße begegnen würde, so tun, als sei nichts geschehen? Wäre das möglich? Das müsste er sich noch einmal gründlich überlegen.

Ilona ihrerseits überlegte, ob es nicht doch der Hodscha gewesen sein könnte. Plausibel wäre es, dachte sie. Wenn Zeynep im Korankurs allein mit dem Hodscha gewesen war, könnte dieser die Situation ausgenutzt haben.

Während Ilona und Ali weiter ihren Gedanken nachhingen, öffnete sich die Tür und Nermin kam herein. Ilona fragte sie, wo sie gewesen sei.

- ➢ Überall. Beim Jugendamt und im Frauenhaus, bei der Familienberatungsstelle, und, und, und ...

„Und, und, was?" fragte Ali. „Zeynep muss hier weg!" sagte Nermin bestimmt. Ali reagierte sehr aufgebracht mit den Worten: „Mein Vater wird dich umbringen". Aber Nermin dachte jetzt nicht an sich, sie hatte nur Angst um Zeynep. Ali dagegen meinte, Zeynep solle dem Vater sagen, wer sie geschwängert habe. Nermin verlor langsam die Geduld.

- ➢ Was hat er davon? Will er hingehen und die Kerle umbringen? Will er so die Familienehre retten! Ehrenhaft den Rest seines Lebens hinter Gittern verbringen?
- ➢ Diese scheiß Skinheads!
- ➢ Was für Skinheads?
- ➢ Es waren Skinheads!
- ➢ Wie kommst du denn darauf?
- ➢ Es können nur Skinheads gewesen sein.

> Du würdest dich wundern, wenn du wüsstest ...
> Du weißt es also! Du weißt, wer es getan hat!
> Natürlich.

In diesem Augenblick kam auch Mehmet ins Zimmer. Ali war erleichtert. Vielleicht würde er es schaffen, Nermin zum Reden zu bringen.

> Abi, kimin yaptığını biliyor. *(Großer Bruder, sie weiß, wer es getan hat.)*
> Kim ne yapmış? Kim ne biliyor? *(Wer soll was getan haben? Wer weiß was?)*

Ilona war außer sich.

> Ali, du bist ein schlimmer Petzer!

Doch Ali war es völlig egal, ob Ilona ihn als Petzer beschimpfte. Er wollte unbedingt wissen, wer seiner kleinen Schwester das angetan hatte.

Er zeigte auf Nermin.

> Nermin weiß, wer es war!
> Wirklich? Wer war es denn?

> Sie sagt es nicht.
> Und warum nicht?

„Weil es nichts bringt", erwiderte Nermin. Mehmet machte einen letzten Versuch mit den Worten: „Darüber entscheide ich". Dabei sah er selbst ein, dass er bei Nermin mit einer solchen Aussage nichts erreichen würde. Ali dagegen drohte mit den Worten: „Mein Vater wird es aus dir herausprügeln", was bei Nermin zu der Bemerkung „Das soll er mal versuchen!" führte.

Mehmet war inzwischen mit seinen Überlegungen ein Stück weitergekommen. Wenn sein Vater es aus jemandem herausprügeln könnte, dann aus Zeynep. Auch Nermin war dieser Gedanke schon gekommen und sie überlegte fieberhaft, wie sie Zeynep in Sicherheit bringen könnten.

Ali stellte noch einmal fest, dass die Tür zu Zeyneps Zimmer abgeschlossen war und sein Vater den Schlüssel mitgenommen habe. Nermin schlug vor, die Tür aufzubrechen. Mehmet war dagegen. Es wäre nicht im Sinne seines Vaters, sagte er. Außerdem wäre es seine Aufgabe und Pflicht als ältester Sohn, das zu verhindern. Andererseits ... Ali war außer sich, dass Mehmet sich tatsächlich mit Nermin gegen den eigenen Vater solidarisierte.

> - Ich glaub', ich spinne! Auf wessen Seite stehst du?
> - Möchtest du, dass unser Vater ein Mörder wird? Wenn er Zeynep umbringt, dann kommt er bis zu seinem Lebensende in den Knast.
> - Ehrenhaft im Knast zu sitzen ist besser als unehrenhaft draußen herumzulaufen.
> - Nermin, sag mir nur eins: hat sie es freiwillig gemacht oder hat man sie dazu gezwungen?
> - Warum?
> - Ich will es wissen.
> - Würdest du ihr eine Chance geben, wenn du es wüsstest?
> - Sag es mir!
> - Wenn sie es freiwillig gemacht hat, ist sie eine Schande für die Familie, nicht?
> - Ich kann es nicht glauben, dass sie es freiwillig tun konnte.

„Warum nicht?" fragte Ilona. Ali reagierte sofort mit „Das kannst du nicht verstehen!" Nermin war nach außen hin die Ruhe selbst, jedoch vermischten sich Ironie und Sarkasmus in ihrem Ton.

> ➢ Nach den Erziehungsmethoden von Hasan Hodscha müsste sie eigentlich genug Schamgefühl besitzen, um so etwas nicht zu machen, nicht wahr?

„Eine Frau hat doch natürliche Bedürfnisse in ihrem Alter", sagte Ilona. Spontan reagierte Mehmet, indem er die Worte `natürliche Bedürfnisse` wiederholte. Er versuchte dabei, den Ton seiner Schwester nachzuahmen. Nermin entging dies nicht.

> ➢ Eine unverheiratete Türkin in ihrem Alter darf keine solchen Bedürfnisse haben, Ilona. Nicht wahr, Mehmet?
> ➢ Eine Türkin, egal in welchem Alter, muss in der Lage sein, ihre natürlichen Bedürfnisse zu kontrollieren. Sie darf nicht nur an sich selbst denken. Sie muss an die Familie denken. Sie ist Teil einer Gemeinschaft.

Die kurze Ansprache ihres Bruders kommentierte Nermin mit einem „Hört! Hört! Ein türkischer Mann hat gesprochen!" Sie wurde dadurch unterbrochen, dass ihre Mutter ins Zimmer kam. Sie zeigte theatralisch auf sie.

> ➤ Da! Unsere Mutter! Ein lebendes Beispiel für diese Vorstellung!
> ➤ Ja, unsere Mutter. Hast du an ihr `was auszusetzen?
> ➤ Ich frage mich, ob sie noch lebt. Ihr habt sie fertig gemacht, schaut!

Necmiye Arslan stand an der Tür. Sie merkte, dass über sie gesprochen wurde. Warum regte Nermin sich wieder so auf? Und Mehmet schien sehr wütend zu sein. Ob sie etwas Falsches gemacht hatte? Warum mussten die Kinder untereinander Deutsch reden? Vielleicht wegen Ilona. Aber sie redeten auch Deutsch, wenn Ilona nicht da war. Während sie da stand und alle sie anschauten, ganz besonders Nermin, starrte sie auf den Boden, um den Blicken zu entgehen. War Nermin wütend auf sie wegen Zeynep?

Nermin war inzwischen der Meinung, dass die kleine Atempause reichte. Sie schaute ihre beiden Brüder an.

> ➢ Ihr habt ihr das Leben weggenommen. Sie hat keinen eigenen Willen und keine Persönlichkeit mehr. Sie lebt nur noch für euch. Eigentlich ist sie tot. Wahrscheinlich hat sie nie gelebt.

Ali konnte sich nur wehren mit den Worten: „ich glaube, du bist verrückt!"

Frau Arslan fühlte sich unwohl. Auch ihr Sohn Ali schien verärgert über irgendetwas zu sein. „Çay istiyor musunuz, çocuklar?" *(Möchtet ihr Tee, Kinder?)* fragte sie leise und dachte dabei: warum starren sie mich so an? Ich habe sie doch lediglich gefragt, ob sie Tee möchten. Was habe ich falsch gemacht?

Als Ilona mit einem „zahmet olacak" *(Wenn es Ihnen keine Umstände macht.)* antwortete, war sie ein wenig beruhigt. Und als sich dann Ali mit einem „ben de!" *(ich auch!)* anschloss, war für sie die Welt wieder in Ordnung.

Nachdem sie die Tür hinter sich geschlossen hatte, fing Nermin dort an, wo sie aufgehört hatte.

> ➢ Ilona, schau dir Mutter gut an! So will Mehmet dich haben.
> ➢ Das glaub' ich nicht. Mehmet, sag was dazu!

Mehmet hatte nicht zugehört. „Ich kann es mir einfach nicht vorstellen, dass sie es freiwillig gemacht hat", murmelte er. „Sie ist eine Hure", kommentierte Ali, und brachte damit Ilona in Rage. „Was! Nur weil sie es freiwillig gemacht hat!?" rief sie ungläubig.

Nermin hatte genug von der ganzen Diskussion.

> ➢ Sie hat es nicht freiwillig gemacht.

Mehmet war verwirrt.

> ➢ Aber du hast gesagt ...
> ➢ Ich habe gesagt, wenn ...

Ilona stellte jetzt ganz ruhig und klar die Frage: „Ist Zeynep vergewaltigt worden?" Nermin bejahte sie. Die Brüder waren jetzt sehr still. Jeder musste auf seine Weise mit der Vorstellung umgehen, dass Zeynep vergewaltigt worden war.

„Aber warum hat sie nichts gesagt?" war Ilonas nächste Frage. Nermin schaute ihre beiden Brüder an, denen es die Sprache verschlagen hatte und sagte sehr ruhig:

> ➢ Weil sie sich geschämt hat. Sie ist so erzogen worden, dass sie vor lauter Schamgefühl nicht in der Lage war, es zu sagen. Sie hat es sogar so sehr verdrängt, dass es ihr gar nicht mehr bewusst war. Wenn sie nicht schwanger ge-

worden wäre, hätte sie sich wahrscheinlich nie mehr daran erinnert.

Mehmet und Ali standen weiterhin sichtlich unter Schock. Ali fragte zögernd, ob Zeynep sich nicht gewehrt hätte. Mehmet fügte ein: „sie habe sich wehren müssen" hinzu.

Ilona wollte das so nicht einfach akzeptieren und mischte sich ein mit den Worten: „Glaubt ihr, das ist so einfach? Ein Mann ist stärker als eine Frau."

Die Aussage Nermins: „Es waren drei", schlug wie eine Bombe ein. Als erster reagierte Ali. Für ihn waren es die Skinheads. Mehmet, der die Träume Alis mit den Skinheads nicht mitbekommen hatte, brachte ein schwaches „was?" heraus. Ilona murmelte vor sich hin: „dann hat sie überhaupt keine Chance gehabt." Mehmet wollte wissen, ob sie es trotzdem versucht habe. Nermin verneinte seine Frage. Ali fragte, ob sie Waffen gehabt hätten. Auch seine Frage wurde verneint. Mehmet wollte nicht nachgeben und fragte, aus welchem Grunde Zeynep sich nicht gewehrt habe. Er bekam die Antwort von Nermin: „sie hat sich geschämt. Sie hatte Angst, dass andere mitbekommen, was passiert". Ilona hatte das Gefühl, dass ihr Kopf gleich platzen würde. Sie wollte mehr wissen.

> ➢ Wie ist es passiert?
> ➢ Am helllichten Tag, im Auto, auf dem Rücksitz. Sie haben sich abgewechselt. Der eine ist gefahren, der zweite hat zugeguckt, während der dritte sie auf dem Rücksitz ...

Mehmet konnte nicht mehr.

> ➢ Das reicht! Sag mir, wer sie sind! Die Scheißkerle müssen ihre gerechte Strafe bekommen. Ich bringe sie um!

Ali schloss sich seinem Bruder an. Diese Sprache verstand er.

> ➢ Wir machen sie kalt!

Nermin ignorierte Ali und wandte sich Mehmet zu.

> ➢ Was machst du wirklich, wenn ich es dir sage?
> ➢ Das weiß ich noch nicht.

Ilona fragte Mehmet, ob er nicht zur Polizei gehen wolle. Nun war Ali in seinem Element.

> ➢ Die Bullen machen doch nichts. Die beschützen noch die Scheißtypen. Wenn es umgekehrt wäre ... Da überfallen Türken eine deutsche Frau ... Dann wäre die Hölle los. Aber so ...

Nermin unterbrach ihn und sagte ganz ruhig, dass es keine Deutschen waren. Aber Ali war noch nicht fertig und brüllte:

> ➢ Dann waren es scheiß Ausländer! Marokkaner! Asylanten!

Doch Nermin unterbrach ihn mit den Worten: „Es waren Ausländer der übelsten Sorte, nämlich Türken". Mehmet war jetzt völlig außer sich.

> ➢ Das kann nicht wahr sein! Du machst das mit Absicht! Du hasst uns alle!

Ali ergriff eine Art Panik, als er allmählich begriff, worum es ging.

- Dann weiß das inzwischen ja jeder zweite Türke in der Stadt. Wir müssen 'was unternehmen. Wer sind die Scheißkerle? Wir können nicht als Feiglinge herumlaufen!
- Ich glaube nicht, dass sie es weitererzählen werden.
- Und warum nicht?
- Ist eine Vergewaltigung für einen türkischen Mann etwas Ehrenhaftes?
- Ich glaube, du hast Recht. Sie werden nichts erzählen.

Während Mehmet verzweifelt versuchte, herauszufinden, was jetzt zu tun war, hatte auch Ali verstanden, dass man genau überlegen müsse, wie man vorging. Aber er war auch noch völlig außer sich und brüllte verzweifelt: „Trotzdem laufen die Schweine frei herum!"

Ilona schlug vor, zur Polizei zu gehen und Anzeige zu erstatten. Aber Nermin war dagegen. Sie sagte, dass Zeynep psychisch nicht in der Lage sei, eine Anzeige zu erstatten und bei der Polizei alles zu erzählen. Da stand Ali demonstrativ auf.

> ➢ Es geht hier nicht um Zeynep, sondern um die Familie Arslan. Die Ehre der Familie Arslan ist kaputt. Wer sind die? Wir müssen die fertigmachen!

Bei Mehmet schien sich die Vernunft durchzusetzen.

> ➢ Ich glaube, es würde nichts bringen, zur Polizei zu gehen. Die Gefahr besteht, dass die Sache dann erst recht publik wird. Wir müssen Zeynep wegbringen, bevor Vater nach Hause kommt.

Ali verstand seinen Bruder nicht. Er sah ihn jetzt als Feigling und Verräter an. Ilona mischte sich ein und wollte ihn tadeln, wie er mit seinem Bruder sprach. Ali solle sich schämen. Ali parierte mit den Worten: „Das geht dich nix an! Halt du dich da raus!"

Jetzt hatte Mehmet genug von seinem unerzogenen Bruder.

> Wie sprichst du denn mit ihr? Das verbiete ich dir! Ich werde sie heiraten.

Doch statt seinen älteren Bruder zu respektieren, drehte Ali jetzt erst richtig auf.

> Du bist sowieso kein Türke mehr.

Indem er nun mit dem Finger auf Ilona zeigte und sagte: „Die willst du heiraten? Ist die noch Jungfrau? Wie viele Männer hat sie denn vor dir gehabt?"

Kaum hatte Ilona mit den Worten „Das ist eine Unverschämtheit!" reagiert, sprang Mehmet vom Sofa auf und ging auf seinen Bruder los. Ali trat ein paar Schritte zurück und nahm eine Verteidigungshaltung an. Trotz seiner Haltung griff Mehmet ihn frontal an. Beide gingen zu Boden. Mehmet gewann schließlich die Oberhand, setzte sich auf Ali und holte aus, um ihn zu schlagen.

Genau in diesem Moment ging die Wohnungstür auf und Frau Arslan kam herein. Sie sah ihre beiden Söhne auf dem Boden miteinander kämpfen, blieb stehen und schlug die Hände vors Gesicht. Mehmet, der seine Mutter wahrgenommen hatte, hörte abrupt auf, seinen Bruder zu schlagen. Nermin war nun der Meinung, dass sie sich genug zurück gehalten habe, und rief.

> ➢ So, das reicht! Genug geprügelt, ihr Barbaren! Vater kommt gleich. Mehmet, steh auf!

Mehmet stand auf und setzte sich aufs Sofa. Nermin ging zu Ali, der noch auf dem Boden lag.

> ➢ Und jetzt zu dir, kleiner Bruder. Du willst es unbedingt wissen,

nicht? Du willst die verlorene Ehre der Familie Arslan wieder herstellen.
- ➤ Sag mir, wer sie sind!
- ➤ Du kennst sie sehr gut.
- ➤ Sag es mir!
- ➤ Willst du es wirklich wissen?
- ➤ Ja!
- ➤ Es sind deine besten drei Freunde.
- ➤ Du lügst! Du bist schlecht! Du willst uns alle kaputt machen!
- ➤ Wenn du mir nicht glaubst, dann frag' sie doch selber!
- ➤ Das hast du gestern mit Vater auch gemacht. Erst war es der Hodscha, und jetzt sind es meine besten Freunde.
- ➤ Sie haben vor der Schule im Auto auf sie gewartet, und als sie herauskam, haben sie ihr erzählt, dass du sie gebeten hättest, sie zu dir zu bringen. So haben sie sie ins Auto gelockt.

Ali lag noch auf dem Boden. Sein Gesichtsausdruck verriet, dass seine Gedanken konfus waren und er keine Vorstellung hatte, wie es weiter gehen solle. Mehmet saß im Schockzustand auf dem Sofa.

Plötzlich fing Frau Arslan an, laut zu weinen und rannte aus dem Raum. Die Tür ließ sie hinter sich offen. Die Kinder schauten sich gegenseitig an und fragten sich, ob die Mutter verstanden hatte, worum es ging.

Ali versuchte sich vorzustellen, wie sein Vater es aufnehmen würde, dass es seine Freunde waren, die Zeynep vergewaltigt hatten. „Wenn er erfährt, was passiert ist, bringt er mich um", hörte er sich leise murmeln.

Nermin ergriff wieder die Initiative und schlug vor, Zeynep wegzubringen, bevor ihr Vater von der Arbeit nach Hause kommen würde. Ilona verspürte große Angst und wollte nur noch nach Hause gehen. Doch Mehmet hielt sie zurück. Nermin dagegen stellte Überlegungen an, wie man die Zimmertür aufbrechen könnte, um Zeynep zu befreien.

Da verriet Ali, dass der Schlüssel von der Küchentür passe. Mehmet fragte nur, warum er das nicht eher gesagt habe. Nermin dagegen schaute Ali voller Verachtung an und griff ihn an mit den Worten: „Da ging es noch um die Ehre, nicht wahr, kleiner Bruder? Jetzt geht es darum, die eigene Haut zu retten. Wie billig die Ehre doch sein kann und wie teuer die Scham!"

Inzwischen hatte Ilona panische Angst. Sie wollte mit der ganzen Angelegenheit nichts mehr zu tun haben, sie wollte nur noch nach Hause, und das teilte sie den anderen auch mit. Mehmet stellte sie zur Rede und wollte wissen, was das solle. Sie erwiderte leise, dass sie sich nicht mehr sicher sei, ob sie ihn noch liebe. Mehmet war verzweifelt.

- Glaubst du, ich lass dich einfach so gehen, Ilona?
- Ich bin nicht dein Eigentum, Mehmet. Ich gehe, wenn und wann ich will. Willst du mich einsperren, wie Zeynep? Wir sind nicht in der Türkei. Du kannst mich nicht zurückhalten.
- Bitte, Ilona, geh nicht! Lass uns vernünftig miteinander reden!
- Vernünftig! Ihr seid alle verrückt!
- Ilona, ich warne dich.
- Ich will mit euch nichts mehr zu tun haben.

Ali murmelte so etwas wie „scheiß Deutsche" vor sich hin. Ilona verließ den

Raum. Mehmet starrte benommen vor sich hin.

Kapitel IV

Der vierte Tag

Zeynep ist untergebracht

Am nächsten Tag schien es, als sei die Welt untergegangen. Nichts war mehr wie früher.

Ali schlief auf dem Sofa und träumte. Er hatte jegliche Konfrontation mit seinem Vater vermieden und war die ganze Nacht weggeblieben. Damit er auch keine Bekannten oder Freunde treffe, hatte er sich bis zum Morgen-grauen am Hafen aufgehalten. Dann war er zurückgekehrt und hatte gewartet, bis sein Vater das Haus verlassen hatte. Erst danach hatte er sich heimlich hereingeschlichen und sich aufs Sofa gelegt. Das Haus hatte er am vorigen Abend gleich, nachdem Ilona gegangen war, verlassen. Daher wusste er nicht, ob Nermin oder Mehmet - oder beide zusammen - Zeynep befreit und weggebracht hatten.

Und wie mochte sein Vater reagiert haben? Er war gewiss am nächsten Morgen zur Arbeit gegangen, als sei nichts passiert. Nurettin hatte in seinem ganzen Leben nicht ein einziges Mal bei der Arbeit gefehlt. Deswegen konnte sich Ali nicht vorstellen, dass sein Vater zu Hause geblieben war.

Nein, sein Vater funktionierte, er ging zur Arbeit, er verdiente das Geld, er sorgte für die Familie. Auch seine Mutter funktionierte. Sie kochte, machte die Wäsche, räumte auf, sie hatte ihm immer das Frühstück gebracht.

Das Frühstück! Er hatte Hunger. Er schlug die Augen auf. Da er keine Uhr trug und auch im Zimmer keine war, wusste er nicht, wie spät es war. Wieso hatte seine Mutter ihn nicht geweckt? War es noch so früh?

Er traute sich nicht aufzustehen. Er wünschte sich so sehr sein altes Leben zurück. Es hatte alles mit Nermin angefangen. Wenn sie in der Türkei geblieben wäre, dann wäre nichts passiert. Eine Hexe war sie und hatte alles zerstört. Man sollte sie verbrennen. Im Mittelalter hätte man eine Frau wie sie verbrannt.

Jedoch störte eine Kleinigkeit diese Schlussfolgerung. Und zwar war Zeynep ohne Nermins Zutun schwanger geworden. Er konnte sie unmöglich für die Schwangerschaft ihrer Schwester verantwortlich machen.

Was wäre gewesen, wenn sie nicht gekommen wäre? Irgendwann hätte man auch dann gemerkt, dass Zeynep schwanger war. Aber sie hätte niemals verraten, wer sie geschwängert hatte. Da war er sich ganz sicher. Mein Vater hätte sie fast zu Tode prügeln können, um herauszubekommen, wer es getan hatte. Sie hätte es niemals gesagt, niemals! Niemand hätte es erfahren. Auch Nermin nicht, weil sie dann erst nach ihrem Tod nach Hause gekommen wäre.

Dass seine besten Freunde die Täter waren! Die Vorstellung allein, dass sie die letzten Monate zusammen Dinge unternommen hatten, als ob nichts gewesen wäre. Er hatte nichts gewusst, aber seine Freunde, seine sogenannten Freunde, sie hatten es geplant! Sie müssen wohl davon ausgegangen sein, dass Zeynep nichts sagen würde, überlegte er.

Aber was waren das für Freunde? Wie scheinheilig waren sie? Hatten sie keine Schuldgefühle? Wenn Nermin nicht gekommen wäre und alles ans Licht gebracht hätte, dann hätte er sich nichtsahnend weiter mit ihnen getroffen, so als ob nichts geschehen wäre. Er könnte sich sogar heute noch mit ihnen treffen. Und sie wüssten nicht, dass er es weiß.

Könnte er sie mit diesem Wissen noch sehen? Wäre das noch möglich? Wenn Zeynep nicht schwanger geworden wäre, dann wäre die Welt noch in Ordnung, oder nicht?

Wäre die Ehre der Familie auch geschändet worden, wenn es nicht herausgekommen wäre? Eigentlich nicht.

Er hätte es nicht gewusst. Es war der Unterschied zwischen Wissen und Nicht-Wissen. Im Falle des Nicht-Wissens war die Ehre nicht verloren. Eigentlich war die Ehre der Familie nicht durch die Verge... – er hatte Probleme, das Wort auszusprechen, selbst in Gedanken – zerstört worden, sondern erst durch die Entlarvung. Dadurch, dass Nermin verraten hatte, wer die Täter sind. Aber er hatte darauf bestanden, er hatte es unbedingt wissen wollen. Trotzdem hatte Nermin gegenüber Zeynep einen Verrat begangen. Ja, so war das. Nermin war eine Verräterin und hatte alles kaputt gemacht!

Während Ali versuchte, sich die Dinge zurechtzulegen, kam Nermin herein.

- ➢ Guten Morgen, Ali! Hast du gut geschlafen?
- ➢ Was geht dich das an, wie ich geschlafen habe?
- ➢ Also hast du schlecht geschlafen.
- ➢ Wo ist meine Mutter?
- ➢ Sie fühlt sich nicht wohl. Heute kannst du mit ihr nicht rechnen.
- ➢ Und wo ist Zeynep?
- ➢ Sie ist nicht da.
- ➢ Wo ist sie denn?

- ➢ Das willst du gar nicht wissen. Was möchtest du?
- ➢ Frühstück.
- ➢ Gut, ich mache dir Frühstück, kleiner Bruder, aber unter einer Bedingung.
- ➢ Ja?
- ➢ Du musst nur sagen: „Ich möchte mich für mein gestriges Benehmen entschuldigen, meine große Schwester Nermin. Würdest du mir bitte Frühstück machen?"
- ➢ Entschuldige. Machst du mir bitte Frühstück?
- ➢ Das sind nicht die Worte, die ich gesagt habe.
- ➢ Wo ist da der Unterschied? Ich habe mich entschuldigt.

Nurettin Arslan konnte noch keinen klaren Gedanken fassen. Er hatte die ganze Nacht kein Auge zugetan. Ihm fehlte sein Berater in allen Lebenslagen, der Hodscha. Wie hatte er nur denken können, dass der Hodscha seiner Tochter etwas angetan hätte? Er würde so gerne ungeschehen machen, was er am gestrigen Tag dem Hodscha angetan hatte. Aber wie? Nachdem er ihm auch noch die Nase gebrochen hatte, war es mit einer bloßen Entschuldigung nicht getan.

Ob der Hodscha wusste, warum er ihn verprügelt hatte? Wahrscheinlich nicht. Wer sollte es ihm erklärt haben? Die einzigen, die dem Hodscha den Grund für sein Verhalten sagen könnten, hatten keinen Kontakt mehr mit ihm.

Er ließ in Gedanken die Bilder des vorigen Abends vor seinen Augen herlaufen. Wenn sein Sohn Mehmet ihn nicht zurückgezogen hätte, hätte er auf den Hodscha eingeschlagen bis er gestorben wäre. Der Hodscha hatte sich aber mit Hilfe Mehmets befreien können und war blutüberströmt aus dem Zimmer geflüchtet. Irgendwie war er seinem Sohn Mehmet dankbar, dass er sich eingemischt und ihn zurückgezogen hatte.

Seine Kinder sagten ihm nicht alles. Was waren das für Kinder? Mehmet schien nichts zu wissen, außer dass Zeynep schwanger war und Nermin sie ins Frauenhaus gebracht hatte. Ali hatte sich seitdem nicht mehr blicken lassen. Er schien auch nicht mehr zu wissen als die anderen.

Nermin wusste wohl mehr als sie zugab, aber er kam mit seiner ältesten Tochter nicht zurecht. Auch seine Frau schien nichts zu wissen. Sie weinte nur noch. Auch mit ihr kam er in der derzeitigen Situation nicht zurecht.

Wenn er nur wüsste, wer der Vater ist, dann könnte er Zeynep mit ihm verheiraten. Das wäre vielleicht eine Lösung.

Warum sagte Nermin ihm nicht, wer der Vater ist? Vielleicht wusste sie es auch nicht, weil Zeynep es ihr nicht gesagt hatte. Er könnte Zeynep in die Türkei zu Verwandten bringen, bevor alle Nachbarn mitbekommen würden, was los war.

Die Ehre seiner Tochter war verloren, aber die Ehre der Familie wäre vielleicht noch zu retten.

Seine Gedanken wurden immer drängender, zumal er die ganze Nacht kein Auge zugetan hatte. Er versuchte, sich durch die Arbeit abzulenken.

Mehmet war auch zur Arbeit gegangen. Er saß in der Firma an einem Ordner mit Zahlen und Bilanzen und blätterte planlos darin herum. Dass Ilona ihn verlassen hatte, machte ihn traurig und wütend zugleich.

Eine Türkin hätte ihn in dieser Situation bestimmt nicht im Stich gelassen. Aber er wollte keine Türkin zur Frau. Eine Türkin, die durch die Vermittlung der Verwandtschaft für ihn ausgesucht würde, die er dann erst in der Hochzeitsnacht näher kennen lernen würde, konnte er sich als Ehefrau nicht vorstellen. Was wäre, wenn man später entdecken würde, dass die 'Chemie' nicht stimmte? Dann müsste man trotzdem ein Leben lang zusammen bleiben und Kinder kriegen und groß ziehen. Nein, das war nichts für ihn. Mit Ilona hatte die Chemie gestimmt. Sollte er seinen Stolz überwinden und sich bei ihr entschuldigen? Aber er hatte sich doch schon bei ihr entschuldigt, und sie war trotzdem gegangen.

Er wollte in Deutschland, dem Land, in dem er lebte, integriert sein. Ohne seine Familie hätte es keine Probleme gegeben. Aber die Familie war nun einmal da und man konnte sie nicht ignorieren. Er überlegte, warum die Familie so wichtig war. Er wollte mit Ilona eine eigene Familie gründen. Aber wäre dann seine Familie unabhängig von der Familie seines Vaters? Er hatte sich niemals losgelöst von seinen Eltern und Geschwistern und würde das auch niemals tun.

Aber er hatte jetzt Angst, wie es weitergehen würde. Würde sein Vater von ihm als dem ältesten Sohn verlangen, dass er die Ehre der Familie wieder herstellt? Und wie wäre das möglich?

Er hatte keine Lust, für die Familienehre in den Knast zu gehen. Er hatte gesehen, wie sein Vater auf den Hodscha losgegangen war. Wenn er ihn nicht zurückgezogen hätte, hätte er solange auf den Hodscha eingeschlagen, bis er tot gewesen wäre.

Ali saß derweil auf dem Sofa und hatte Hunger. Er wusste, dass er nichts bekommen würde, wenn er Nermin nicht gehorchte, also gab er klein bei.

> Ich möchte mich für mein bisheriges Benehmen entschuldigen, meine große Schwester Nermin. Würdest du mir bitte Frühstück machen?
> Na, also! Geht doch!

Nermin war überrascht, dass Ali sich jedes einzelne Wort gemerkt hatte. Vielleicht hat mein kleiner Bruder ein fotografisches Gedächtnis, dachte sie. Sie ging in die Küche, um das Frühstück für ihn vorzubereiten.

Sie überlegte, wie sie die sogenannte Ehre der Familie retten könnte. Für sie war das Ehrgefühl etwas Männliches. Sogar die Ehre einer Frau oder einer Jungfrau wurde von Männern definiert. Nermin war Realistin genug, um zu erkennen, dass ihre kleine Schwester Zeynep keine Chance auf ein „anständiges" Leben innerhalb der Familie Arslan haben könnte. Sie wusste auch, dass das Frauenhaus keine dauerhafte Lösung war. Könnte sie Zeynep mit in die Türkei nehmen und für sie und ihr

Kind sorgen? Würde ihr Verlobter da mitspielen? Diese Fragen beschäftigten sie, während sie ihrem Bruder Ali das Frühstück zubereitete.

Ilona saß derweil auf ihrem Bett in ihrer Wohnung, die sich im Haus ihrer Eltern befand, und weinte. Sie war sehr traurig und bitter enttäuscht. Sie hatte erkennen müssen, dass zwischen ihren Vorstellungen und denen von Mehmet Welten lagen. Hatte Mehmet wirklich gedacht, dass sie sich in die Rolle der Hausfrau fügen würde? War sie so verblendet gewesen, dass sie nicht gesehen hatte, wie die Frauen in der Familie Arslan von den Männern behandelt würden? Nermin hatte ihr die Augen geöffnet. Ja, ohne Nermin hätte sie weiter weggeschaut.

Nermin brachte ihrem Bruder das Frühstück. Ali bedankte sich artig.

- Vielleicht solltest du dir überlegen, Ali, ob es nicht besser wäre, wenn wir als Familie in solchen Zeiten zusammenhalten. Dass du dich gegen deinen Bruder, gegen mich, gegen Ilona und gegen Zeynep stellst, ist nicht im Sinne dieses Zusammenhalts. Ich mache dir auch keine Vorwürfe, dass es deine Freunde waren. Was meinst du?
- Ich weiß nicht, was ich tun soll.
- Wie wäre es, wenn du nicht immer an dich, sondern auch einmal an deine Schwester Zeynep denken würdest?
- Sie ist kaputt.
- Was heißt das denn jetzt?
- Na, ja, dass sie kaputt ist. Wer nimmt sie denn noch?
- Ach, so siehst du das. Also ist sie in deinen Augen nichts mehr wert, nicht?
- Nee, so nicht.
- Dann sag mir, was du meinst. Maschinen gehen kaputt, aber nicht Menschen.
- Ja, aber mein Vater …

- Lass unseren Vater aus dem Spiel. Ich will deine Meinung hören.
- Ja, aber ich denke wie mein Vater.
- Dann sag mir, wie und was du denkst.
- Zeynep hat keine Ehre mehr. Sie ist eine Schande für die Familie. Auch die Familie hat keine Ehre mehr, weil Zeynep keine Ehre mehr hat.
- Was schlägst du vor?
- Ich weiß es nicht.
- Nehmen wir einmal an, dass unser Vater Zeynep totschlägt und dafür ins Gefängnis kommt. Wäre das eine Lösung?
- Nein.
- Und was wäre, wenn unser Vater herausbekommt, wer das getan hat. Nehmen wir einmal an, dass er losgeht und sie alle drei umbringt und dann ins Gefängnis kommt. Wäre das eine Lösung?
- Dann hätte er wenigstens die Ehre der Familie gerettet.
- Ali, ist das dein Ernst?
- Ja.

- Würdest du unserem Vater dabei helfen, deine Freunde umzubringen?
- Das sind nicht mehr meine Freunde. Das sind Schweine!
- Du hast meine Frage nicht beantwortet.
- Ja, natürlich. Das ist doch klar.

Kapitel V

Der fünfte Tag

Zeynep ist heimgekehrt

Die Ereignisse des vorigen Tages hatten sich überschlagen. Erst hatte Nermin versucht, ihren Bruder Ali auf ihre Seite zu ziehen, was scheiterte. Dann hatte sie versucht, mit ihrer Mutter zu reden. Aber ihre Mutter hatte immer nur geweint. Ein Gespräch war nicht möglich gewesen. Als dann Mehmet von der Arbeit nach Hause gekommen und Nermin ihn wegen Zeynep angesprochen hatte, hatte er erwidert, dass er mit der Sache nichts zu tun haben wolle. Auf die Frage: „Wie stellst du dir das vor?" hatte er trotzig mit: „Dir bin ich keine Rechenschaft schuldig" geantwortet.

Während Nermin weiter versuchte, ein halbwegs sinnvolles Gespräch mit ihrem Bruder Mehmet zu führen, klingelte es an der Wohnungstür. Es war Zeynep. Ohne eine Erklärung, warum sie das Frauenhaus verlassen habe, ging sie weinend in ihr Zimmer und schloss sich ein.

Diese Situation führte zumindest dazu, dass Mehmet sein trotziges Verhalten seiner Schwester Nermin gegenüber ablegte. Während Bruder und Schwester nun gemeinsam überlegten, wie sie mit der neuen Lage umgehen sollten, kam ihr Vater nach Hause. Nermin und Mehmet erklärten ihm, dass Zeynep wieder zu Hause sei. Sie sagten ihm auch, dass Zeynep vergewaltigt worden und der Täter unbekannt sei. Ihr Vater setzte sich mit versteinertem Gesichtsausdruck auf das Sofa. Nermin brachte ihm Tee, und er hörte regungslos zu, was sie planten.

Nermin schlug vor, dass sie Zeynep zu Verwandten in die Türkei bringen. Mehmet unterstützte seine Schwester, indem er zunickte.

Ali indessen ging eigene Wege. Vom verletzten Ehrgefühl und von Rachegedanken getrieben, schmiedete er einen Plan, wie er die Ehre der Familie retten könne.

Er hatte in den vergangenen Stunden bei recht zwielichtigen Bekannten nach einer Schusswaffe gefragt. Die würde so um die sechshundert Mark kosten, war ihm gesagt worden. Soviel Geld hatte er aber nicht. Wie konnte er an das Geld kommen? Ihm wurde schnell bewusst, dass er Aufsehen erregen würde, wenn er so weiter machte. Außerdem wurden sich bald seine sogenannten Freunde fragen, warum er sich so lange nicht blicken ließ.

Nurettin Arslan saß immer noch auf dem Sofa und versuchte auf seine Weise, die Lage zu analysieren. Schließlich wandte er sich Nermin zu.

- Nermin, Zeynep kimin yaptığını bilmiyor mu, yoksa bildiği halde söylemiyor mu? *(Nermin, weiß Zeynep nicht, wer es war, oder sagt sie es nicht, obwohl sie es weiß?)*
- Bilmiyor. *(Sie weiß es nicht.)*
- Yani tanımadığı birisi, öyle mi? *(Also ist es jemand, den sie nicht kennt. Ist das so?)*
- Evet, öyle. *(Ja, so ist das.)*
- Peki, Hasan Hoca'yı ne yapacağız? *(Nun gut, und was machen wir mit Hasan Hodscha?)*
- Ben mi dövdüm, hocayı, sen mi? *(Habe ich den Hodscha verprügelt oder du?)*
- Ama, sen dedin ki .... *(Aber du hast gesagt, ...)*
- Ben hiç bir zaman hocadır demedim. Doğru dürüst Almanca öğrenseydin, böyle bir şey olmazdı. Tam olarak ne olduğunu ben de bilmiyordum. Beni kızdırdın. Ben de belki hocadır, dedim. 'Vielleicht'

dedim. Git, hocaya durumu anlat, özür dile. *(Ich habe niemals gesagt, dass es der Hodscha war. Wenn du anständig Deutsch gelernt hättest, wäre so etwas nicht passiert. Ich wusste auch nicht, was genau passiert ist. Du hast mich verärgert. Daraufhin habe ich gesagt, dass es vielleicht der Hodscha war. Ich habe 'vielleicht' gesagt. Geh zum Hodscha, erkläre ihm, was passiert ist und entschuldige dich.)*

➢ Yok, olmaz. Onu suçlamış olduğumu söyleyemem. *(Nein, das geht nicht. Ich kann ihm nicht sagen, dass ich ihn beschuldigt habe.)*
➢ O zaman başka bir hikâye uydur. *(Dann erfinde eine andere Geschichte.)*
➢ Nasıl bir hikâye? *(Was für eine Geschichte?)*
➢ Bırak, bir düşüneyim. Sen de düşün. Mehmet. sen de düşün. *(Lass mich noch einmal überlegen. Überleg du auch. Mehmet, du auch.)*

Nermin war froh, dass sie ihrem Vater den Wind aus den Segeln genommen hatte. Er hatte der Idee, Zeynep in die Türkei zu schicken, stillschweigend zugestimmt. Das war schon einmal gut, dachte sie, und das Problem mit dem Hodscha war auch lösbar.

Kapitel VI

Der sechste Tag

Ehrenmorde

Ali lauerte abends vor dem Haus der Nummer 1. Er hatte seinen angeblichen, seinen scheinheiligen Freunden, den Verrätern, jeweils eine Nummer zugeteilt. Sie waren für ihn etwas Unpersönliches geworden. Er würde diese Schweine hintereinander abknallen. Dann würde er sich in die Türkei absetzen.

Während er mit geladener Waffe vor dem Haus der Nummer Eins hinter einem Baum lauerte, hörte er eine ihm bekannte Stimme, die ihm sagte, dass er aufwachen solle.

Er schlug die Augen auf. Vor ihm stand seine Schwester Nermin. Sie hatte ihm das Frühstück gebracht.

- Guten Morgen, kleiner Bruder! Hast du schon wieder geträumt? Unserer Mutter geht es noch immer nicht wieder gut. Also bekommst du das Frühstück von mir.
- Danke! Gibt es 'was Neues?
- Ja, allerdings. Vater ist damit einverstanden, dass ich Zeynep in die Türkei bringe.
- Wie? Er weiß, wer es getan hat, und ist damit einverstanden?
- Natürlich weiß er nicht, wer es getan hat. Er soll es auch nicht wissen. Ich habe ihm gesagt, dass Zeynep den Täter nicht kennt. Es sei ein Unbekannter, ein Fremder.
- Ja, aber ich weiß es!
- Und was willst du tun? Willst du unserem Vater sagen, dass es deine besten Freunde waren?
- Er bringt mich um.
- Also, meine Version ist besser. Niemand wird umgebracht.
- Was sagt Mehmet?
- Er ist einverstanden.
- Er ist ein Schwächling, ein Weichei.
- Dann ist er eben ein Schwächling, ein Weichei. Für mich wird er langsam erwachsen.

- Dann muss ich es selber tun. Ich bringe sie um.
- Du landest im Gefängnis und unser Vater wird erfahren, dass wir ihn angelogen haben.
- Er wird stolz auf mich sein.
- Ja, das glaube ich auch. Aber, was hast du davon?
- Solange die Schweine frei herumlaufen, kann ich nicht damit leben. Wie soll ich auf die Straße gehen? Was ist, wenn ich ihnen zufällig begegne?
- Was ist, wenn du mit Zeynep und mir in die Türkei kommst?
- Was soll ich in der Türkei?
- Was willst du hier in Deutschland? Du bist hier nicht integriert. Hier bist du ein Ausländer.
- Wieso? Ich kenne mich hier in Duisburg sehr gut aus. Ich bin hier aufgewachsen.
- Ja, aber du denkst nicht deutsch.
- Warum soll ich deutsch denken. Ich bin kein Deutscher.
- Das ist genau der Punkt, Ali. Du hast dich mit dem Land, in dem du aufgewachsen bist und lebst, nicht identifiziert. Auch wenn du in Duisburg-Marxloh jede Ecke kennst, bist und bleibst du hier

ein Ausländer. Komm mit mir in deine Heimat.
- ➤ In der Türkei bin ich kein richtiger Türke. Ich bin ein „Deutschländer".
- ➤ Ja, aber nach ein paar Monaten Eingewöhnungszeit wird keiner mehr merken, dass du „Deutschländer" bist.
- ➤ Aber die Schweine werden immer noch frei hier herumlaufen.
- ➤ Vergiss die Schweine. Sie sind schon so degeneriert, dass sie nicht mehr wissen, was Ehre bedeutet. Es wäre sinnlos, an ihnen ein Exempel zu statuieren.
- ➤ Was heißt das denn?
- ➤ Das heißt, es würde nichts bringen, sie umzubringen.
- ➤ Und du meinst, ich kann in der Türkei leben?
- ➤ Wenn nicht, dann kannst du immer noch zurück nach Deutschland und die Schweine umbringen. Sie laufen nicht weg.
- ➤ Ich brauche 600 Mark für eine Waffe. Gibst du sie mir?
- ➤ Ich gebe die 600 Mark dir, wenn du mit mir in die Türkei kommst und es versuchst. Auch deinen

Rückflug werde ich bezahlen. Versprochen.

Nermin hatte es geschafft, ihren kleinen Bruder Ali auf ihre Seite zu ziehen.

Jetzt musste sie noch das Problem mit dem Hodscha lösen. Sie hatte sich folgenden Plan zurechtgelegt:

Ali solle zu dem Hodscha gehen und ihm folgendes erklären: Kurz bevor er – der Hodscha – zu ihnen gekommen sei, habe sie – Nermin - ihrem Vater erzählt, dass er - der Hodscha - sie an der Wohnungstür angegrabscht habe. So sei es zu dem Zwischenfall gekommen.

Nachdem herausgekommen sei, dass sie - Nermin - gelogen habe und nur ihren Vater habe provozieren wollen, habe der Vater sie bestraft. Sie habe sogar ein blaues Auge von den Schlägen ihres Vaters und dürfe das Haus nicht mehr verlassen. Ihren Reisepass habe der Vater ihr abgenommen. Und sie habe versprechen müssen, dass sie an dem Korankurs beim Hodscha teilnehmen werde.

Sein Vater schäme sich so sehr, dass er nicht in der Lage sei, auf ihn – den

Hodscha - zuzugehen und ihn um Verzeihung zu bitten.

Nermin sagte Ali, er solle eine Nacht über diesen Plan schlafen. Außerdem hatte Nermin Ali noch Komplimente gemacht und seine schauspielerischen Fähigkeiten gelobt. Sie hatte ihrem kleinen Bruder erklärt, dass sie ihm zutraue, die Geschichte dem Hodscha überzeugend darzustellen.

Nermin hatte sich natürlich vorgestellt, dass es zu dem Besuch eines Korankurses beim Hodscha gar nicht kommen würde. Sie wäre dann ja längst in der Türkei.

Mehmet klingelte an Ilonas Haustür. Ilona öffnete die Tür auf und war sichtlich überrascht, Mehmet zu sehen, aber sie ließ ihn herein kommen. Mit leiser Stimme entschuldigte sich Mehmet für sein Benehmen vom vorigen Tag.

- ➤ Mehmet, ich bin enttäuscht, bitter enttäuscht.
- ➤ Ich kann nichts dafür, dass Zeynep vergewaltigt worden ist.
- ➤ Darum geht es nicht. Es geht darum, dass keiner von euch Mitgefühl oder Mitleid mit Zeynep hat.
- ➤ Aber sie ist eine Schande für die ganze Familie. Sie ist entehrt. Verstehst du das?
- ➤ Nein, das verstehe ich nicht. Sie ist das Opfer!
- ➤ Das spielt keine Rolle.
- ➤ Das spielt keine Rolle?
- ➤ Egal, was sie ist, sie ist ein Schandfleck. Sie ist eine Belastung, nein, eine Gefährdung für die ganze Familie. Sie zieht die Familie mit in die Schande!
- ➤ Mehmet, hast du irgendwelche Gefühle für sie?
- ➤ Was soll das denn heißen?
- ➤ Liebst du deine Schwester?

- Nein, ich liebe dich.
- Ich meine nicht sexuell, sondern als Geschwister unter sich.
- Nein, warum soll ich sie lieben?
- Weil sie deine Schwester ist.
- Ich habe sie mir nicht ausgesucht.
- Liebst du denn deine Mutter?
- Ich bin doch nicht pervers. Natürlich nicht.
- Was empfindest du für sie?
- Sie ist meine Mutter.
- Mehmet, du hast meine Frage nicht beantwortet.
- Doch, sie ist meine Mutter und mehr nicht.
- Und was empfindest du für deinen Vater?
- Ich respektiere ihn.
- Mehmet, ich verstehe dich nicht.
- Ilona, es ist momentan eine außergewöhnliche Situation. Ich kann dich gut verstehen. Du brauchst keine Angst zu haben. Bleib solange weg, bis wir das Problem gelöst haben.

Mehmet verabschiedete sich von Ilona ohne Umarmung und ohne einen Kuss. Er drehte sich einfach um und ging. Nun saß er im Auto und dachte darüber nach, wie das

Gespräch abgelaufen war. Ob Ilona verstanden hatte, worum es hier ging?

Warum hatte sie ihn gefragt, ob er Zeynep liebe? Warum sollte er Zeynep lieben? Warum ist das für Ilona so wichtig? Zeynep war seine Schwester und sie war ein Teil der Familie, aber mehr war sie nicht für ihn. Er hatte sie sich nicht ausgesucht. Sie gehörte eben dazu und zurzeit war sie – wie hatte Ali sie beschrieben? – kaputt. Ja, ihre Funktion innerhalb der Familie war gestört. Sie war irreparabel. Der Plan von Nermin, Zeynep in die Türkei zu bringen, erschien daher vernünftig. Ob der Plan hinhauen könnte? Ob Vater und Ali mitspielen würden? Er hatte Angst, dass sein Bruder Ali nicht mitmachen würde. Aber Nermin konnte sich gut durchsetzen. Sie würde einen Weg finden.

Ja, Nermin war ein Teil der Familie und sie funktionierte. Zwar nicht, wie von ihr erwartet wurde, mit Respekt und Gehorsam gegenüber dem Vater, aber er war fest davon überzeugt, dass seine Schwester Nermin im Moment die einzige

Person war, die die Familienehre ohne Blutvergießen retten konnte.

Die einzige Person neben Nermin, die Zeynep zu sich ließ, war ihre Mutter. Jetzt saßen beide am Bettrand. Necmiye Arslan hielt ihre Tochter Zeynep fest in den Armen. Die Kommunikation zwischen Mutter und Tochter fand lautlos durch körperlichen Kontakt statt.

Es war nicht klar, ob Frau Arslan wusste, was mit ihrer Tochter geschehen war. Vielleicht genügte es ihr, zu spüren, dass ihrer Tochter etwas Schlimmes passiert war. Vielleicht wollte sie gar nicht mehr wissen. Niemand erwartete von ihr eine Lösung. Sie hatte nie an Entscheidungen der Familie teilgenommen. Niemand hatte je nach ihrer Meinung gefragt, und sie war froh darüber.

Wenn sie überhaupt eine Meinung hatte, dann war es die, dass sie keine Meinung außer der ihres Ehemannes hatte. Allerdings war ihr in diesem speziellen Fall bewusst, dass nicht die Meinung ihres Mannes zählte, sondern die ihrer Tochter Nermin. Das verunsicherte sie enorm, denn Nermin war nicht das Familienoberhaupt.

Ihr starres Rollenverständnis erlaubte ihr nicht, Ausnahmen zuzulassen. Für sie war Nermin in der Rangordnung innerhalb der Familie an vierter Stelle. Oder war sie an fünfter Stelle, und sie selbst war an vierter Stelle? Nein, sie wollte nicht vor Nermin stehen.

Nein, an erster Stelle stand ihr Ehemann. Dann stand ihr ältester Sohn Mehmet an zweiter und ihr jüngster Sohn Ali an dritter Stelle. Ihre älteste Tochter Nermin stand an vierter Stelle und ihre jüngste Tochter Zeynep an fünfter Stelle. Nachdem sie auf diese Weise alle Finger ihrer rechten Hand hintereinander verbraucht hatte, ließ sie sich selbst bei der Rangfolge einfach ganz weg.
Mehmet kam spät nach Hause, um überrascht festzustellen, dass Nermin fast alles organisiert hatte. Sie würde am nächsten Tag die Flugtickets für Zeynep, für sich selbst und für Ali kaufen. Er konnte es kaum glauben, dass Ali mitflog. Wie hatte Nermin das hingekriegt? Unglaublich!

Kapitel VII

Der siebte Tag

Selbstmord

Nermin war an diesem Tag früh aufgestanden. Nachdem sie ihren Bruder Mehmet zur Arbeit gefahren hatte, war sie ins Reisebüro gegangen und hatte die Flugtickets gekauft.

Ali schlief noch auf dem Sofa im Wohnzimmer, als sie zurück nach Hause kam. Mit einem „Guten Morgen, Ali! Steh auf!" weckte sie ihren Bruder. Er protestierte, drehte sich um und wollte in Ruhe gelassen werden.

> ➢ Ali, du kannst nicht weiter schlafen. Wir müssen in drei Stunden am Flughafen sein. In

zwei Stunden fahren wir los.
Also, steh auf!
- ➤ Wie denn das? Wir haben doch keine Tickets.
- ➤ Doch, wir haben welche. Ich habe sie gerade gekauft.
- ➤ Das geht alles zu schnell.
- ➤ Kleiner Bruder, wenn du so weitermachst, wirst du einiges im Leben verpassen.
- ➤ Ich will aber noch ein bisschen schlafen.
- ➤ Das geht nicht. Du musst noch zu Hasan Hodscha.
- ➤ Muss das sein? Kannst du das nicht machen?
- ➤ Du kannst jetzt keinen Rückzieher machen.
- ➤ Scheiße! Das geht mir alles zu schnell. Was ist mit Frühstück?
- ➤ Du kriegst dein Frühstück. Komm jetzt!

Ali stand widerwillig auf und ging sich waschen. Er kam zurück ins Wohnzimmer und seine Mutter brachte ihm das Frühstück. Ali grüßte sie nicht und bedankte sich auch nicht. Er fragte sich kurz, wer ihm demnächst das Frühstück bringen würde. Aber es gab jetzt kein Zurück mehr. Er musste zum Hodscha gehen und ihm glaubhaft die von seiner

Schwester Nermin erfundene Geschichte erzählen.

Währenddessen saß Mehmet an seinem Arbeitsplatz. Er musste die Zahlen einer Bilanz prüfen, aber er konnte sich nicht konzentrieren. Er dachte an Ilona. Ob sie wieder zusammen kommen würden? Es konnte nicht vorbei sein. Er stellte sich vor, wie Ilona und er mit ihren Kindern – mindestens drei – in ihrem Reihenhaus leben würden. Das Reihenhaus würde sich in einer Siedlung irgendwo am Rhein befinden, aber nicht in Duisburg. In Duisburg lebten zu viele Türken. Am liebsten wäre ihm eine rein deutsche Siedlung. Und wenn er abends von der Arbeit nach Hause käme, hätte Ilona das Abendessen schon vorbereitet. Und nach dem Abend-essen konnte er sich auf das Sofa setzen, den Fernseher anmachen, und Ilona würde ihm Tee bringen. Er hatte das alles verdient, denn er brachte das Geld nach Hause.

Aber was wäre, wenn Ilona 'nein' sagen würde? Was wäre, wenn sie ihn nicht mehr haben wollte? Er stellte fest, dass er bei der Frage panische Angst bekam. Vielleicht könnte er Nermin bitten, ihm zu helfen. Seine große Schwester konnte alles, wenn sie wollte. Ja, er würde mit ihr sprechen, wenn er wieder zu Hause war. Er beruhigte sich ein bisschen bei diesem Gedanken.

Während Mehmet so seinen Gedanken nachging, hatte Ali seine Aufgabe erfüllt und den Hodscha in seinen Räumen aufgesucht. Der Hodscha hatte ihn höflich empfangen und ihm zugehört. Er, Ali, hatte vor dem Hodscha gesessen und auf den Boden gestarrt. Denn er konnte den Anblick der geschwollenen Nase des Hodschas nicht ertragen. Sein Vater hatte dem Hodscha mit einem Faustschlag tatsächlich die Nase gebrochen!

Er war irgendwie fasziniert von dem Gedanken, dass sein Vater imstande war, so etwas zu tun. Wo hatte er das gelernt, fragte er sich. Er hatte dann dem Hodscha seine Geschichte, beziehungsweise die Geschichte seiner Schwester Nermin erzählt. Nachdem er fertig war, war er aufgestanden, hatte dabei jeden Blickkontakt vermieden und das Zimmer verlassen. Er war sich nicht sicher, ob der Hodscha ihm die Geschichte abgenommen hatte. Der Hodscha hatte ihm keine Fragen gestellt. War das ein gutes Zeichen? Als er wieder zu Hause war und Nermin von seiner abgeschlossenen Mission stolz berichtete, meinte sie, das sei ein gutes Zeichen, dass der Hodscha keine Fragen gestellt habe.

Ali hatte keine Vorstellung, was ihn in der Türkei erwarten würde. In den letzten Jahren hatte er immer eine Ausrede gefunden, um nicht mit der Familie dorthin fahren zu müssen. Er setzte sich auf das Sofa und träumte vor sich hin. Er hatte sein halbes Leben auf diesem Sofa verbracht. Ob er es vermissen würde?

Da hörte er, wie Nermin ihrer Schwester zurief, dass sie die Tür öffnen solle, mal auf Deutsch, mal auf Türkisch. Jetzt mischte sich auch seine Mutter ein. Zeynep hatte sich tatsächlich eingeschlossen. Wollte sie doch nicht in die Türkei? Hatte Nermin sie nicht überzeugt? Die Stimmen wurden immer lauter. Schließlich rief Nermin nach ihm:

- ➢ Ali, komm! Wir müssen die Tür aufbrechen.
- ➢ Was ist mit dem Schlüssel von der Küchentür?
- ➢ Es geht nicht, weil sie den Schlüssel von innen stecken gelassen hat.
- ➢ Zeynep, mach die Tür auf!
- ➢ Sie antwortet nicht.
- ➢ Weg da!

Als Ali sich mit seiner ganzen Körperkraft gegen die Tür warf, brach sie mit einem lauten Knall zusammen. Zeynep hing bewegungslos in der Luft. Sie hatte sich mit einem Stück Stoff von der Gardine an der Deckenlampe aufgehängt. Nermin stürzte sich auf sie und versuchte, sie an den Beinen hochzuheben.

Frau Arslan fiel bei Zeyneps Anblick in Ohnmacht. Ali war wie erstarrt und setzte sich erst in Bewegung, als seine Schwester nach ihm schrie.

Er sprang auf das Bett und löste die Schlinge um Zeyneps Hals. Sie legten ihren leblosen Körper aufs Bett. Nermin gab Zeynep ein paar schnelle Ohrfeigen und rief dabei, dass sie aufwachen solle.

Ali stand am Fußende des Bettes und versuchte, die Lage zu begreifen. Gedanken wie: „jetzt können wir nicht in die Türkei fliegen", „ob man die Flugtickets erstattet bekommt?" „Zeynep hat funktioniert und das Problem selbst gelöst", schossen ihm durch den Kopf. Dieser Gedankengang wurde unterbrochen durch Nermins Schrei, dass er einen Eimer Wasser holen solle. Ali überlegte kurz, was seine Schwester mit einem Eimer Wasser wollte. Wollte sie versuchen, Zeynep mit Wasser ins Leben zurückzuholen? Sie war doch tot. Lass sie doch! Oder wollte sie die Leichenwäsche selbst vornehmen? Während Nermin weiter schrie, dass er sich beeilen solle, ließ er sich Zeit. Er sah seine Beine, wie sie über seine Mutter, die immer noch bewusstlos auf dem Boden lag, stolpernd Richtung Küche liefen. Vielleicht war das Wasser für sie, dachte er. Es kam ihm vor wie eine Ewigkeit, bis er mit einem Eimer voll Wasser zurückkam. Seine Mutter lag noch immer auf dem Boden. Nermin hockte auf Zeynep und machte bei ihr eine Herzdruckmassage. „Woher kann sie das?" fragte Ali sich. Sie konnte anscheinend alles. Kaum hatte er die Worte „das Wasser" gesagt, sprang Nermin mit einem Satz vom Bett, entriss den Eimer und schüttete das ganze Wasser in Zeyneps Gesicht.

Auf einmal bewegte sich Zeynep. Keuchend und hustend fasste sie sich an den Hals. Ali konnte es nicht glauben. Sie war doch tot gewesen. Wie war denn das möglich? Warum konnte Nermin sie nicht sterben lassen? Sie hatte als eine ehrlose Frau nicht mehr leben wollen.

Warum begriff Nermin das nicht? Warum machte sie alles kaputt? Für einen kurzen Augenblick hatte Ali den Gedanken, sich auf Zeynep zu stürzen und sie zu erwürgen. Aber er sah ein, dass er gegen seine Schwester Nermin keine Chance hatte.

Inzwischen war ihre Mutter wieder bei Bewusstsein. Weinend stürzte sie sich auf ihre Tochter Zeynep und nahm sie in die Arme. Ihre einzigen Worte waren „Ah, kızım!" *(Ach, meine Tochter!)* und besagten nichts über ihre Gedanken. Freute sie sich, dass Zeynep am Leben war? Oder war sie enttäuscht, dass sie überlebt hatte?

Ali war noch wie erstarrt. Er dachte über seine Aktion mit der Tür nach. Mit einem einzigen Versuch hatte er die Tür aufgebrochen. Wenn er sie nicht aufgebrochen hätte, wäre Zeynep jetzt tot. Aber in dem Moment hatte er nicht gewusst, dass Zeynep versucht hatte, sich umzubringen. Und was wäre gewesen, wenn er es gewusst hätte? Er hätte die Tür trotzdem aufgebrochen. Je mehr er nachdachte, desto konfuser wurden seine Gedanken. Wie war das denn möglich? Zeynep war schon tot gewesen. Wie konnte Nermin davon ausgehen, dass sie Zeynep zurück ins Leben holen könnte? Jeder normale Mensch hätte nach ein paar Versuchen aufgegeben. Aber Nermin nicht.

Die bestimmende Stimme Nermins unterbrach seine Gedanken und holte ihn zurück in die Realität.

> ➢ In zwanzig Minuten werden wir vom Taxi zum Flughafen abgeholt. Zeynep, wasch' dein Gesicht. Anne, Zeynep'e bir eşarp ver, boynunu örtsün. *(Mutter, gib Zeynep einen Schal. Sie soll ihren Hals bedecken.)* Ali, bist du fertig? Stell die Koffer vor die Tür.

Kapitel VIII

die Zeit danach

Nermin kehrte mit Ali und Zeynep in die Türkei zurück. Sie heiratete ihren Verlobten, und sie bezogen zusammen mit Zeynep und Ali eine große Wohnung. Nach dem Abschluss ihrer juristischen Ausbildung betrieb sie mit ihrem Ehemann eine Anwalts-kanzlei für Familienrecht.

Nermin kam noch ein letztes Mal nach Deutschland, um den Leichnam ihres Vaters in die Türkei zu überführen. Ihr Vater war nach einem Herzinfarkt gestorben. Ihre Mutter flog mit in die Türkei und Nermin nahm sie zunächst bei sich auf.

Necmiye Arslan war endlich wieder bei ihren drei Kindern und bei ihrer Enkelin. Sie schien glücklich zu sein. Als dann Zeynep heiratete, zog sie mit ihr um in die neue Wohnung. Sie vermisste Deutschland nicht.

Zeynep blieb bei ihrer Schwester Nermin wohnen und brachte eine gesunde Tochter zur Welt. Nermin baute für sie die Legende auf, dass der Vater ihres Kindes kurz vor der standesamtlichen Hochzeit bei einem Autounfall ums Leben gekommen sei, Zeynep sei zwar noch durch einen Hodscha vermählt worden, aber nicht standesamtlich verheiratet. Durch die religiöse Trauung war das Kind gesellschaftlich legitimiert, und die Mutter auch. Ein paar Jahre später heiratete Zeynep einen Witwer. Nermin hatte die Heirat arrangiert. Der Witwer war über zwanzig Jahre älter als Zeynep, aber wohlhabend und ein guter Ehemann. Zeynep schien glücklich zu sein. Sie vermisste Deutschland nicht.

Ali blieb eine Weile bei seinen Schwestern. Er besuchte berufsbildende Lehrgänge und arbeitete bei einem Onkel, der ein kleines Transportunternehmen betrieb. Er war fleißig und pünktlich und machte sich sehr nützlich innerhalb des Unternehmens. Schließlich heiratete er seine Cousine, die Tochter seines Onkels, und nahm seinen Platz an der Seite seines Onkels beziehungsweise Schwiegervaters ein. Auch er vermisste Deutschland nicht.

Mehmet heiratete Ilona. Er legte den Namen 'Arslan' ab und nahm den Namen 'Weber' an. Er zog zu Ilona in deren Wohnung im Haus der Webers. Diese hatten keine Wahl und akzeptierten Mehmet halbherzig als Schwiegersohn. Ein Jahr später brachte Ilona einen Sohn zur Welt.

Als Ilona wieder arbeiten gehen wollte, war Mehmet dagegen. Ilona setzte sich durch und Mehmet war unzufrieden. Ilona traf sich mit Freunden, ohne Mehmet. Sie traf sich auch mit einem alten Schulfreund. Mehmet war eifersüchtig und machte Ilona eine Szene. Die Situation eskalierte. Mehmet ohrfeigte Ilona. Sie ging mit dem Kind zu ihren Eltern. Es kam zur Trennung und schließlich zur Scheidung. Mehmet bezog eine eigene Wohnung in der Nähe von Ilonas Wohnung. Er durfte seinen Sohn alle zwei Wochen sehen.

Nachwort

In einer Gesellschaft, in der die individuelle Freiheit nichts bedeutet und die Familie an oberster Stelle steht, haben alle Familienmitglieder sich der Familie unterzuordnen. Diese Ordnung bzw. diesen Würdigungsanspruch der Familie nennt man Ehre *(şeref)*. In der Regel bewachen die männlichen Mitglieder diese Ehre. Das Familienoberhaupt, der Vater, hat das absolute Sagen. Die weiblichen Mitglieder haben zu gehorchen. Ihr höchstes Gut ist bis zur Heirat ihre Jungfräulichkeit. Über die Jungfräulichkeit seiner Töchter wacht und entscheidet der Vater. Er entscheidet, wen sie zu heiraten haben, auch wenn sie den Mann nicht lieben oder sogar nicht kennen. Wenn die Tochter nicht gehorcht und die Ordnung bzw. die Ehre der Familie verletzt, wird sie bestraft. Wenn die Tochter vor der Ehe ihre Jungfräulichkeit bzw. ihre Ehre *(namus)* verlieren sollte, wird sie bestraft. Die Ehre der Frau „namus" ist gekoppelt mit der Ehre der Familie „şeref". Wenn die Frau ihre Ehre *(namus)* verletzt, egal, ob gewollt oder ungewollt, verletzt sie auch die Ehre *(şeref)* der Familie. Die Strafen sind drakonisch. In den meisten Fällen wird die Tochter getötet bzw. ermordet.

Ein Mord ist ein Ehrenmord, wenn der Täter als Motiv für seine Tat die Familienehre angibt.

Ein Ehrenmord wird in der Regel von einem männlichen Familienmitglied begangen. Vater, Bruder, Onkel, Cousin oder Ehemann töten eine junge Frau, die gegen eine Familienregel verstoßen hat.

Wenn die Frau gegen eine Regel verstoßen hat, sehen die männlichen Familienmitglieder ihren Machtanspruch in Frage gestellt. Um die Ordnung wieder herzustellen, wird das Mädchen bzw. die Frau getötet. Die Gemeinschaft sieht das Verbrechen als rechtmäßig an.

Am 23. Juli 1981 schießt der 15-jährige Isa sechsmal auf seine 21-jährige Schwester Rinda, die auf der Entbindungsstation des Bietigheimer Krankenhauses liegt und einen Sohn zur Welt gebracht hat. Rinda schleppt sich auf den Flur, bricht dort zusammen und stirbt. Im Prozess vor dem Jugendgericht Heilbronn sagt Isa aus, dass er den Mord an seiner Schwester zur „Rettung der Ehre seiner Familie" begangen habe.

Diese Tat ist die erste als Ehrenmord dokumentierte Tat in Deutschland.

Am 22. März 1983 tötet der 51-jährige Abdullah Yakupoğlu seine 24-jährige Tochter Perihan auf einem Parkplatz bei Andernach durch Erdrosseln und Hammerschläge auf dem Kopf. Perihan war von zu Hause ausgezogen und weigerte sich, zurückzukehren oder zu heiraten.

Im Januar 1986 erschießt der 14 Jahre alte Kemal seine 17-jährige Schwester Zuhal auf offener Straße in Heidenheim. Mit dem Satz „Meine Ehre ist gerettet" lässt er sich festnehmen. Zuhal hatte ihren Vater wegen häuslicher Gewalt angezeigt und war vom Jugendamt aus der Familie geholt worden. Die Familie ist streng religiös und schickt ihre 9 Kinder zur Koranschule. Kemal wurde zu 7 Jahre Haft wegen Mordes verurteilt. Demonstrativ billigte der Vater im Gericht die Tat.

In der Nacht auf den 9. Februar 1993 wird die 17-jährige Leyla von ihrem

Vater getötet. Leyla wurde vorher von ihrer Familie zwangsverheiratet. Sie will sich scheiden lassen, ist aber plötzlich verschwunden. Eine Woche später reisen Leylas Eltern mit 5 Kindern in die Türkei aus. Der Vater wird in der Türkei festgenommen und gesteht.

Die oben erzählte Geschichte der Familie Arslan spielt sich Mitte der achtziger Jahre in Duisburg ab. Sie basiert auf einem Ereignis, das ich im Frühjahr 1986 im Rahmen meiner Tätigkeit als Projektleiter der Maßnahmen zur beruflichen und sozialen Integration ausländischer Jugendlicher – kurz MBSE genannt - durch Hören-Sagen mitbekam.

Eine türkische Schülerin, die nicht zu unserer Maßnahme gehörte, aber sich von Zeit zu Zeit in unserer Kantine aufgehalten haben soll, hatte sich erhängt. Angeblich wurde sie vorher vergewaltigt. Kurz bevor sie sich das Leben nahm, soll ihr Vater einen Schüler unserer Maßnahme auf dem Gelände der alten Blücher-Schule in Duisburg-Hochfeld gesucht haben. Warum und weshalb, weiß ich nicht.

Durch die verschiedenen nachträglichen Erzählungen seitens der männlichen Maßnahmenteilnehmer, steigerte sich meine Frustration und Wut, die ich dann versuchte mit einem Theaterstück namens „Zeynep" loszuwerden.

In diesem Theaterstück ließ ich Zeynep, stellvertretend für die Schülerin, die sich aufgehängt hatte, sterben.

Ich ließ sie sterben, weil in der traditionellen türkischen Gesellschaft nur das Leben eines „ehrenhaften" Menschen Sinn und Wert hat.

Ich ließ sie sterben, weil die Gemeinschaft, deren Mitglied sie einmal war, mit ihr nichts mehr anfangen konnte.

Ich ließ sie sterben, um eine Gemeinschaft zu retten, die verzweifelt ums Überleben kämpfte.

Ich ließ sie sterben, weil sie keine Ehre *(namus)* mehr besaß. Durch ihren Selbstmord rettete sie die Ehre *(şeref)* ihrer Familie.

Inzwischen sind vierunddreißig Jahre vergangen. Das Thema ist noch immer aktuell. Just in diesen Tagen hat das

Landgericht - Schwurgericht - Essen schon 53 Verhandlungstage in dem „Ehrenmord"-Prozess mit 13 Angeklagten gebraucht. Hier soll aus Sicht der Angeklagten die „Ehre" der Familie verletzt worden sein, weil eine verheiratete 18-Jährige ein außereheliches Verhältnis hatte.

Die Geschichte von damals, die mich immer noch beschäftigt, habe ich neu geschrieben. Eigentlich ist es die alte Geschichte, mit einem Unterschied: diesmal stirbt Zeynep nicht.

Essen, im Frühjahr 2020